U0026550

里爾克－給奧菲厄斯十四行

（上、下卷全譯本及評析）

Sonnets to Orpheus

萊納‧瑪利亞‧里爾克（Rainer Maria Rilke）／著

張錯（Dominic Cheung）／翻譯、評析

-目次-

給奧菲厄斯十四行 · 下卷 119

前序《給奧菲厄斯十四行》

1.

1923 年 4 月 12 日寫給絲素伯爵夫人（Countess Margot Sizzo-Noris-Crouy）的信函內，里爾克詳細敘述 1922 年在穆佐古堡撰寫《給奧菲厄斯十四行》的經過：

這些古怪的十四行並非有心或期待的寫作：它們的產生經常是一日數首（詩集上卷完成大約於 3 日之間），完全出乎意料，去年 2 月當我正在努力繼續撰寫其他詩作——那偉大的《杜英諾哀歌》，竟然無法續寫，只能全部屈服聽從於來自內心催動的默寫；慢慢一點一滴明白這些詩作與 18 或 19 歲少女維拉夭折的關係，雖然和她並不熟悉，僅在她生前見過數面，那時她還是孩子，但已吸人注意並具強烈感情。我並沒有這樣去安排（除了下卷開始幾首外，所有十四行均追隨它們創作時間順序安排），碰巧上、下卷倒數第 2 首詩作明顯是寫給維拉，召喚她的身影。

這個美麗女孩剛開始舞蹈，以她天賦的身體神韻動作變化，吸引前來觀賞觀眾注意——卻突然向她母親宣稱已無法再去舞蹈了（這發生在她剛成年）。她身軀變得反常沉重碩大，雖則仍保持著美麗的斯拉夫容顏，這已經是一種腺狀白血病開始，到後來便會迅速死亡。在剩餘的時光裡，維拉奉獻給音樂，最後只能繪作——就像被遺棄的舞蹈自她那兒更寂靜、更悄然

前來。

上面這封寫給絲素伯爵夫人的信內提到，十四行詩作出乎意料的產生經常是一日數首（詩集上卷完成約於 3 日之間），其實更準確來說，在那月的 2 號到 5 號，十四行集上卷已差不多全部完成，及至 15 號到 23 號間，里爾克已把下卷的 29 首全部完成。更奇怪的是，10 年前只寫了一句的《杜英諾哀歌》，停筆後再寫，到了同月的 14 號，竟也全部完成 10 首的哀歌詩集，里爾克稱之為「無法形容的暴風雨，靈性的颶風」（an inexpressible storm, a hurricane in the spirit）。

由此可知，維拉夭折（她幼年是里爾克女兒 Ruth 的玩伴）為撰寫十四行集的原動力，觸發他對生死的探索，成就了把奧菲神話（Orphic myth）作為出生入死的人間典範。里爾克出版的詩集《新作》（*New Poems*），便有一首長詩〈奧菲厄斯‧尤麗迪絲‧愛瑪士〉（Orpheus. Eurydice. Hermes），細述奧菲厄斯前往陰間攜帶愛妻尤麗迪絲，並由信使神愛瑪士陪同還陽的經過。（全詩附錄於序後。）

2.
　　譯者有三種，不止是直譯與意譯那麼簡單。

　　第一種心存原詩，寧願生硬，也要把原意從原詩逐字逐句呈現出來。第二種是既已明白原詩，譯文除了表達原意，還要超越原詩文字被翻譯後的生硬，不被原文句法限制，與第一種相反，要在譯文內表現出譯者另起爐灶的文字功力，以臻完美。

第三種是明白原文意思後，避免詰屈聱牙字譯，但與第二種不同，亦不想超越原作者另起爐灶，就用自己方法嘗試從譯者的母語文化文字，找到相同處（parallels）演譯說出來，好讓閱讀這譯文的母語讀者，更能心領神會。這是最理想的翻譯，但可遇不可求，並非強求或隨手可得。里爾克的《給奧菲厄斯十四行》譯者不下數十人，言人人殊，充斥著這三種人。

德語（Deutsch）是印歐語語系西日耳曼語支的一門語言，為世界第六大語言，所以西方諳德語的人不在少數，里爾克英譯本也常附德文原文對照。但能中譯里爾克且精通德語的人才並不是很多，常靠英譯本補充，一般讀者更多不懂德語，有些中譯本內放上德文原文不知閱讀對象（target client）為何？最大的可能就是因參考太多英譯本，反而沒有一本標準的英譯本可做中英對照。

本書也是從英譯本翻譯出來的中譯本，應該是意譯，也因參考眾多譯本、參考資料，及學者對原詩的解說批評，而沒有亂猜亂譯，所以絕不可能用句譯或字譯，英譯已自德文移入原意在譯本，屬上述的第二種譯者，多是意譯而非字譯，從英到中，亦只能自英文意譯中揣測德文原意，所謂從不可能中找尋最大的可能。

佛洛斯特（Robert Frost）曾說：詩就是「翻譯中的遺失」（what gets lost in translation）。其意不外是翻譯無法保留原詩外在形式的句法與韻律，或甚至內涵。批評家甚至抨擊翻譯者看似忠實於原著，其實卻是魚目混珠，扭曲原著出賣他們。但歷年來翻譯者前仆後繼，鍥而不捨繼續他們認為必需而有意義

的工作，即使他們明白佛洛斯特說到的「遺失」，因為世界沒有兩種語言是相同的，把一種語言移往另一語言定有遺漏，更何況把一種語言移往另一語言後，再把另一語言移往第三種語言！

龐德（Ezra Pound）通曉數國語言（包括中、日文，但絕非精通），是個翻譯大師，他提出另一種詩「演譯者」（interpretive translator）的身分，認為一切在乎譯者修養，譯者可以指出翻譯作品精華所在，引導讀者去選擇研習那一種語言（He can show where the treasure lies, he can guide the reader in choice of what tongue is to be studied...）。龐德更進一步指出，在翻譯過程中，譯者也可以創造出另一首詩，觀諸他本人翻譯詩經、唐詩、李白等詩作，又是意象派大師，優秀現代詩人，不是沒有可能，但不見得所有譯者皆願或能如此。捷克「布拉格語言學圈」學者雅克慎（Roman Jacobson）在一篇〈從語言層面論翻譯〉（On Linguistic Aspects of Translation）論及翻譯的可能與不可能時，指出詩歌「明顯無法翻譯，只有創作性的變動才有可能」（by definition untranslatable. Only creative transposition is possible）。很明顯地所謂「創作性的變動」，就是指龐德那種翻譯過程的譯者「可以創造出另一首詩」。

翻譯里爾克無論在原文或英譯本經常碰到的問題，就是文法的「你」，因為中文必須辨識性別的你或妳，譯者必須準確抓住原文你的陰或陽性，而德文的 du，英文的 you 均無陰陽，一般中譯遂均以「他」稱，經常差之毫釐，謬之千里。

3.

里爾克是一個「困難的詩人」（a difficult poet），他的困難不是一般所謂的難懂或晦澀，而是他要把表達的豐富內涵壓縮在短短十四行句內。學者專家不斷證明，這些詩作不是故作難懂的虛無內容，而是分別隱藏在一個巨大豐富的系統性組合（schema），也就是藉維拉之死與奧菲厄斯神話發展成里爾克對生命奧祕的探索。這種理念能夠發揮成上下兩卷 55 首詩作，真是難得可貴，怪不得比他年長十四歲，更曾拒絕尼采求婚的露·莎樂美慧眼識英雄，另眼相看，相戀之餘，與他通訊不絕。

我翻譯里爾克有早期與近期兩個動機，早於在西雅圖華盛頓大學撰寫比較文學博士論文《馮至評傳》（*Feng Chih：A Critical Biography*, Twayne, Boston, 1979）時，便有一章論及馮至先生的《十四行集》與里爾克《給奧菲厄斯十四行》的關係，當時資料不全，才疏學淺，一直到 12 卷《馮至全集》（河北教育出版社，1999）出版，才盡窺堂奧。里爾克亦然，他的十四行詩一直想細心研讀，早年陳少聰在加大柏克萊分校聽了一場演講後，寄贈一本 1985 年精裝版 Stephen Mitchell 翻譯的十四行給我，說是目前最好的英譯，我現手中另有一本仍是 Stephen Mitchell 翻譯的 2009 年平裝本，資料更加詳盡，還加上《杜英諾哀歌》英譯。

近期動機來自我 2021 年出版的詩集《緣起時枕邊細語溫存：誦讀葛綠珂》（聯合文學，台北，2021），內裡誦讀諾貝爾文學獎得獎詩人葛綠珂（Louise Glück）詩集之餘，發覺里爾克與奧菲厄斯魅影處處，更添增翻譯動機。

最後，此書的完成還得倚仗摯友詩人陳銘華的編輯協助，他也是電腦硬體工程師，把我從疫情中僅用凌亂的 iPad 稿件整理成書稿，以及蕭義玲老師有恆閱讀與回饋，是要在此感謝的。

◎下面是採用的英譯本按照閱讀先後次序：

* Stephen Mitchell, ed. & tr. *Rainer Maria Rilke—Duino Elegies, The Sonnets to Orpheus*, Vintage, 2009.
* Martyn Crucefix, tr. *Rainer Maria Rilke—Sonnets to Orpheus*, Enitharmon, 2012.
* David Young, tr. *Rainer Maria Rilke—Sonnets to Orpheus*, Wesleyan University Press, 1987.
* Christiane Marks tr. *Rainer Maria Rilke—Sonnets to Orpheus*, Open Letter, 2019.
* Jessie Lemont, tr. *Rainer Maria Rilke—Sonnets to Orpheus and Duino Elegies*, Dover, 2020.
* C. F. MacIntyre tr. *Rilke, Sonnets to Orpheus*, University of California Press, 1960.
* J.B. Leishman, tr. *Rainer Maria Rilke—Selected Works, Volume II: Poetry*, The Hogarth Press, 1960.
* Galway Kinnell and Hannan Liebmann, *The Essential Rilke*, Harper Collins, 1999.

◎參考書：

* Hans Egon Holthusen, tr. by J. P. Stern, *Rainer Maria Rilke—A Study of His Later Poetry,* Yale University Press, 1952.
* Timothy J. Casey, *A Reader's Guide to Rilke's Sonnets to Orpheus,* Arlen House, 2001.
* Edward Snow and Michael Winkler, tr. *Rilke and Andreas-Salome: A Love*

Story in Letters, Norton, 2008.

* Angela von der Lippe, tr. *You Alone Are Real to me—Remembering Rainer Maria Rilke by Lou Andreas-Salome*, BOA, 2004.

* 馮至，《馮至全集》第九卷，河北教育出版社，1999.

* 葉泥，《里爾克及其作品》，高雄大業出版社，1969.

☆ 附錄

奧菲厄斯 · 尤麗迪絲 · 愛瑪士
〈Orpheus. Eurydice. Hermes〉
張錯／中譯

That was the deep uncanny mine of souls.
Like veins of silver ore, they silently
moved through its massive darkness. Blood welled up
among the roots, on its way to the world of men,
and in the dark it looked as hard as stone.
Nothing else was red.

那是陰森幻怪魂靈礦藏
像銀礦脈絡悄悄穿越
廣垠黑暗。血自根部
湧現，取道直趨世間
黑暗裡看似硬石
此外沒有什麼紅色。

There were cliffs there,
and forests made of mist. There were bridges
spanning the void, and that great gray blind lake
which hung above its distant bottom

like the sky on a rainy day above a landscape.
And through the gentle, unresisting meadows
one pale path unrolled like a strip of cotton.

那裡懸崖峭壁，薄霧成林
無數橋樑撐開大荒
灰暗大湖掛在遠處盡頭
像下雨天風景的天空
穿過柔和可人的田野
蒼白小徑展開如一匹布帛。

Down this path they were coming.
In front, the slender man in the blue cloak—
mute, impatient, looking straight ahead.
In large, greedy, unchewed bites his walk
devoured the path; his hands hung at his sides,
tight and heavy, out of the failing folds,
no longer conscious of the delicate lyre
which had grown into his left arm, like a slip
of roses grafted onto an olive tree.
His senses felt as though they were split in two:
his sight would race ahead of him like a dog,
stop, come back, then rushing off again
would stand, impatient, at the path's next turn,

but his hearing, like an odor, stayed behind.

他們循著這條小徑前來
前面穿藍斗篷瘦削男子——
不吭聲，不耐煩，瞪著前方。
總而言之，腳步貪婪猴急
吞噬小徑，兩手垂向兩邊
緊張沉重，從衣服摺疊伸出
全不感到那輕巧七弦琴
在左臂茁長，像鏤刻玫瑰
接枝在橄欖樹。
他神不守舍，三魂去掉七魄：
視線像犬，比他率先跑去前面
停下，走回，然後又再衝出去
站立，不耐煩，在小徑下一個轉彎
但牠的聽覺，如同氣味仍舊保留著。

Sometimes it seemed to him as though it reached
back to the footsteps of those other two
who were to follow him, up the long path home.
But then, once more, it was just his own steps' echo,
or the wind inside his cloak, that made the sound.
He said to himself, they had to be behind him;
said it aloud and heard it fade away.

They had to be behind him, but their steps
were ominously soft. If only he could
turn around, just once（but looking back
would ruin this entire work, so near
completion）, then he could not fail to see them,
those other two, who followed him so softly.

有時他會覺得步伐回轉
跟著後面那兩位一致
直上漫長回家路。
但又一次，僅是自己腳步迴音
也許是風入斗篷弄出聲音；
於是告訴自己，他們一定在背後
大聲說，直到聽見聲音消散
他們一定在背後，但腳步卻輕軟得
不太吉祥。只要他能轉身，
只要一次（但往後看就等於前功前棄
功虧一簣），他絕不能放棄他們
那兩人，在後面，輕輕跟著他。

The god of speed and distant messages,
a traveler's hood above his shining eyes,
his slender staff held out in front of him,
and little wings fluttering at his ankles;

and on his left arm, barely touching it: she

傳遞遠方信息的飛毛腿神祇
耀眼之上戴一頂神行者頭盔
手持一根細削棍棒在前
腳踝飛舞著兩隻小翅膀
在他左臂，僅輕靠著，是她。

A woman so loved that from one lyre there came
more lament than from all lamenting women;
that a whole world of lament arose, in which
all nature reappeared: forest and valley,
road and village, field and stream and animal;
and that around this lament-world, even as
around the other earth, a sun revolved
and a silent star-filled heaven, a lament-
heaven, with its own, disfigured stars:
So greatly was she loved.

這女子那麼被深愛著，一隻七弦琴
奏出的哀怨比所有女人還要來得多
直是全世界哀怨都被掀起
自然萬物重新出現：山林與幽谷
道路與村莊、田野、溪澗和獸群

如同環繞在這哀怨世界的四周
另一個世界，太陽運轉
天空佈滿靜寂繁星
哀怨天空，和它被扭曲的星辰
她是多麼被深愛著啊！

But now she walked beside the graceful god,
her steps constricted by the trailing graveclothes,
uncertain, gentle, and without impatience.
She was deep within herself, like a woman heavy
with child, and did not see the man in front
or the path ascending steeply into life.
Deep within herself. Being dead
filled her beyond fulfillment. Like a fruit
suffused with its own mystery and sweetness,
she was filled with her vast death, which was so new,
she could not understand that it had happened.

但如今她走在優雅神祇身旁
步伐被拖地墓衣困魘
猶豫，輕柔，從容不迫
心情沉重像懷上沉甸嬰孩
沒有看見前面的男人
或返回陽世險陡上升小徑。

心情沉重，因為死亡
已滿盈全身，像一顆水果
溢滿著本身的甜蜜與奧祕
她被自己龐大死亡充滿，那麼嶄新
仍不明白到底怎樣就發生了。

She had come into a new virginity
and was untouchable; her sex had closed
like a young flower at nightfall, and her hands
had grown so unused to marriage that the god's
infinitely gentle touch of guidance
hurt her, like an undesired kiss.

她已復甦入新的處女之身
沒法觸摸，性器關閉
像一朵入夜含苞嫩花
重長的手不習慣做已婚女人
即使神祇無限導引的輕柔觸及
也像不受歡迎的吻，傷害到她。

She was no longer that woman with blue eyes
who once had echoed through the poet's songs,
no longer the wide couch's scent and island,

and that man's property no longer.

她不再是那藍眼睛婦人
一度響奏在詩人的笙歌
再也沒有床榻幽香及島嶼
不再是那男人擁有財產。

She was already loosened like long hair,
poured out like fallen rain,
shared like a limitless supply.

她已全身鬆解像一絡長髮
傾落如雨，絡繹不絕。

She was already root.

她已成地下的根。

And when, abruptly,
the god put out his hand to stop her, saying,
with sorrow in his voice: He has turned around —,
she could not understand, and softly answered

Who?

驀然，當神祇
伸手停止她，悲愴地說：
他已轉身回望了——
她仍未能醒覺，溫順回答：
誰呀？

Far away,
dark before the shining exit-gates,
someone or other stood, whose features were
unrecognizable. He stood and saw
how, on the strip of road among the meadows,
with a mournful look, the god of messages
silently turned to follow the small figure
already walking back along the path,
her steps constricted by the trailing graveclothes,
uncertain, gentle, and without impatience.

遠方幽微
光熾出口前面
似有人或其他人佇立
分不清楚身影。他站著看見
田野間那條道路

信息神投下悲傷一眼
靜靜地轉身跟隨
已走回田徑的纖細身影
她步伐被拖地墓衣靨困
猶豫，輕柔，從容不迫。

給奧菲厄斯十四行・上卷

第1首

看那升起的樹，純粹的超越！啊，
奧菲厄斯在歌唱！高聳的樹在耳際！
一切沈寂，靜寂中又有
新的開始、召喚、嬗變。

潛伏的眾獸，自遼闊樹林
巢穴窩居前來群集，牠們
悄聲而至，並非來自戒心
也非出自恐懼，乃是為了

聆聽。所有內心的尖叫
狂呼、怒號、變得渺小
本來就無茅舍可供歇留

這是為幽黯渴望而建的棲息地
入門處抖擻在風中，您築起了
讓牠們聆聽的神廟。

☆ 評析

　　這是里爾克《給奧菲厄斯十四行》最膾炙人口的第一首，奧菲神話（Orphic myth）內，除了奧菲厄斯陰間尋妻，功虧一簣成為來往陰陽兩界的歌者，他是詩人，還有動人心魄的琴曲，吸引世間萬物。每當他彈琴歌唱，「純粹的超越」像升起的大樹在萬物耳際，為之震動，飛禽走獸、花草樹木、仙女神祇同聲歌唱。

　　《給奧菲厄斯十四行》分為上卷 26 首，下卷 29 首，共 55 首。都是以傳統的八行一組（Octave）加六行一組（Sestet）進行，前八行組各分四行一段，後六行組各分三行一段，即是 4、4、3、3，合共十四行並押韻。但里爾克並未遵守義大利十四行體指定韻律，可韻則韻，無韻則自由發揮。

　　第一行「啊」（Oh）與第二行「耳際」（德文 Ohr）押韻，呼應著歌聲如大樹般升起、超越，然後又在升越中，靜靜開始「嬗變」（Wandlung/metamorphosis），超越文字定義和聲音，進入無限「不說出來」（inexpressible）的隱喻，那才是有聲／無聲的歌。「嬗變」（Wandlung）德文不只是變化或變形，它還是一個宗教詞，在天主教（里爾克是天主教徒）彌撒中的祝聖，此字是「化體」之意，即是使聖餐麵餅和酒變成耶穌的血和肉。

　　他的歌聲超越人類，也超越語言，那是天籟，眾獸聞聲，紛紛自四面八方毫無恐懼戒心出來，在牠們直覺裡，那是一種靈性復健（spiritual therapy），可以平息內心煩躁不安、狂呼

怒嗥。

　　為何眾獸？因牠們不被人間語言分岐，以心傳心，可以靜心。為何復健？因仍為獸性所困，無所適從，煩躁易怒。毫無懼戒紛紛出來，是知道樂曲不是人間詭詐語言動作，可以傷害到牠們。

　　牠們本來連一所簡陋歇息的茅舍也沒有，這次群集，不過是為了前來聆聽奧菲厄斯的歌聲，帶給牠們一塊「幽黯渴望而建的棲息地」，高聳像一道拱門，眾樹歌唱「抖擻在風中」，築起「一座讓牠們聆聽的神廟。」

第2首

它像一個少女升起
自喜悅的歌與琴
春日面紗映照亮麗
前來躺在我耳際

在我裡面憩睡，她的睡眠就是
我全部仰慕的樹！包括
可觸知距離，可觸及田野
每一種陌生的自我驚奇。

全世界都睡在裡面，啊，歌神！
你究竟如何臻達？可以讓她
不想甦醒？看，她醒來又睡去。

她的死亡在那兒？歌消失前
可否澄清這主題？我裡面的她
消失在那兒？像一個少女……

☆ 評析

　　像一個少女的「它」，是指第一首十四行最後一行，奧菲厄斯「讓牠們聆聽的神廟」，它像一個少女（也像一棵大樹）在詩人耳際升起，並且在裡面酣睡。學者從里爾克書信獲悉，詩人受德國神祕主義、古典學者舒勒（Alfred Schuler 1865-1923）影響。舒勒是慕尼黑宇宙圈（Munich Cosmic Circle）的聯合創始人和核心神祕人物，慕尼黑宇宙圈也是一個著名的慕尼黑作家和知識分子團體，里爾克曾參加多次聽講並與舒勒交往。舒勒主張「雌雄同體」（androgyny）學說，認為人體內同時擁有陽剛與陰柔的雙性別（讓人想起榮格 Carl Jung 的阿尼瑪 anima、阿尼瑪斯 animus，及吳爾芙 Virginia Woolf 名言「偉大的靈魂都是雌雄同體」或小說《奧蘭多》），因此歌者營建的音樂神廟恰「像一個少女」（it was almost a girl）進入詩人的體內酣睡。

　　令人詫異的是，這睡眠卻隱有死亡含意，猶如樂曲起伏開始與結束，長或短，誕生與死亡，始終有一個終結。因此奧菲之歌（Orphic song）是生命的真諦，曲起人聚，曲終人散，反反覆覆，是一個悖論，符合了德國浪漫主義的生命觀——死亡不是生命的終結，而是它的延伸（extension）。

　　也許，少女亦是指 1919 年死於白血病的年輕舞蹈家維拉（Vera Ouckama Knoop），詩人和她沒有深交，但看過她舞蹈表演，同時也欣賞她在其他藝術的天賦。她的夭折讓里爾克悲痛惋惜之餘，遂把 1922 年完成的《給奧菲厄斯十四行》

作為獻給她墓碑的題詞（Written as a grave monument for Vera Ouckama Knoop），把她提升為奧菲神話的藝術神。死亡只是一種憩睡、無聲的歌，在可觸知的距離，可觸及的田野，甚至個人隱私的「每一種陌生的自我驚奇。」

第 *3* 首

神可做到，但請告訴我
人亦可透過琴的窄弦做到嗎？
他三心兩意，愛情線在交叉點
就沒有阿波羅那樣的神殿。

你曾指出歌與欲念無關
不涉事物追尋及獲得
歌是存在，對神而言，輕而易舉
但我們何時才會存在？何時祂才會

為我們存在而挪動大地星辰？
年輕人，此事與愛情無關
情動時開嗓而唱，但要學習

忘掉動情的歌，那是過眼雲煙
真正的歌是另一種氣息
似有實無，像神祇心血潮湧，一陣風過。

☆ 評析

　　這是里爾克對歌神奧菲厄斯的說話，當然嚴格以希臘神話而言，奧菲厄斯並非奧林匹克神祇，但詩人在此詩內對詩藝的企圖理想卻是明顯的，人在詩或歌表現裡，往往無法超越感情矛盾衝突的擺布，徘徊十字路口，不能駕輕就熟，掙脫個人事件或人際情況（human conditions）的牽扯。第一次世界大戰期間，里爾克對人性置疑及失望非常明顯，1917年寫給蘇菲·李卜納（Sophie Liebknecht）的書信裡，他認同這世界無疑是美好的，但「天吶！卻不是人性……它的瘋狂對我們是一座囚籠，而事實上所謂人性，就是把我們拒之於全部完整天性之外。」

　　里爾克在詩內首次提到「氣息」（德文：Hauch），英譯多作 breath，很多中譯就以「呼吸」稱之。1999年美國桂冠詩人哈斯（Robert Hass）在「華盛頓郵報」的「詩人首選」（Poet's Choice）版介紹兩本剛出版的里爾克英譯，其中一本是名詩人金奈爾（Galway Kinnell）的《里爾克必讀》（*The Essential Rilke*, Ecco, 1999, co-translate with Hannah Liebmann）。哈斯就提到十四行第三首內「歌是存在」（Singing is existence，德文：Gesangist Dasein）之句，與欲念無關。金奈爾全詩英譯如下：

A god can do it. But tell me how a man
is to follow him through the narrow lyre?
The human mind is cleft. No temple for Apollo
stands where two heart-ways cross.

Singing, as you reach it, is not desire,

not suing for a thing in the end attained;

singing is existence. Easy, for a god.

But when do we exist? And when will he

turn toward us the earth and stars?

It's not, young people, when you're in love, even if

then your voice thrust open your mouth—learn

to forget you once lifted into song. That doesn't last.

True singing is a different kind of breath.

A breath about nothing.A blowing in the God.A wind.

　　那是里爾克討論藝術的崇高境界，人，始終是人，三心兩意，七情六欲，難以進入純抒情的阿波羅神廟。歌，不是欲念宣洩，是存在，無為而無所不為（not suing for a thing in the end attained）。說到存在，天神易做，凡人難為。究竟什麼是人的存在？什麼時候才真正存在？神的存在輕而易舉，因是永遠，那「何時祂才會／為我們存在而挪動大地星辰？」讓我們與日月共存？

　　歌，不是情網中開口的歌唱，那只是一時情動，迅即過眼雲煙。真正的歌，來自神的降臨，是一種「氣息」，一種噓氣，像我們呼吸，似有實無，一陣風過，這幾乎就是宗教裡的「聖神降臨」（Pentecost）：

　　是那一週的第一天晚上，門徒所在的地方，因為怕猶太人，

門戶都關著，耶穌來了，站在中間對他們說：「願你們平安！」說了這話，便把手和肋膀指給他們看。門徒見了主，便喜歡起來。耶穌又對他們說：「願你們平安！就如父派遣了我，我也同樣派遣你們。」說了這話，就向他們噓了一口氣，說「你們領受聖神罷！你們赦免誰的罪，就給誰赦免；你們存留誰的，就給誰存留。」（《若望福音》20 章 19-23 節）

哈斯指出，「這開始在聆聽者心內產生出近乎嘲弄式的非聲音裡，一首理想詩的演出。這種非聲音演出多少就是里爾克催促我們在生命裡去發現真正的歌。」（it begins to create in the listener an almost teasing sense of what the unhearable, ideal performance of the poem would sound like. That unhearable performance is also, more or less, what Rilke means by「true singing」when he urges us to find it in our lives.）

第4首

溫柔敦厚的歌者啊！有時
應該走入與你無關的氣息
讓它從臉頰分開
在背後顫抖重新併合。

歡樂幸福的歌者啊！你們完美
擁有赤子之心，猶如
弓之搭箭，箭之中的
淚光微笑裡，帶來永恆光輝。

不要害怕苦痛，把沉重
原封不動放回世間
山也沉重，海也沉重。

即使童年種下的幼樹
如今已沉重得無法負荷
那風仍在吹，那些空間……

☆ 評析

開首兩段四行一組（octave）詩句裡，里爾克告訴戀愛中的歌者，不要流俗，要保留潔淨純真，即使被邱比特的箭矢射傷，遭受愛情甜蜜與痛苦，在淚光微笑裡，仍要：

擁有赤子之心，猶如
弓之搭箭，箭之中的
淚光微笑裡，帶來永恆光輝。

像宮崎駿說的「生命可以隨心所欲，但不能隨波逐流。」歌聲裡所有快樂與悲傷，笑聲與淚影，投射出來，更應接觸神性奧祕的「氣息」（見第三首），如微風迎面而來，在臉頰分開繞往背後，那種天神附體感覺，「在背後顫抖重新併合」。然後把情緒帶回到現實世間，「不要害怕苦痛，把沉重／原封不動放回世間」，感時濺淚，山也沉重；恨別驚心，海也沉重。

我們無力留著時間，當年種下的幼樹，隨著歲月累積，經驗的流變滄桑，心情的沉重負荷，無法穿透。可是聖靈氣息的風（德語：Lufte）仍在吹啊，還有那些空間……

第5首

不用立碑，就讓
玫瑰每年為他綻放
那是奧菲厄斯！他的變形
千變萬化，不需煩心

去另找名字。歌聲響起，始終
都是奧菲厄斯，他如來如去
不就夠了嗎？有時我們一起
比玫瑰還多數天。

雖然他也不想消失不見
我們得明白！他注定要消散
他的語言超越我們存在。

他的境界我們難以追隨
琴弦無法束縛他雙手
他只聽從自己的逾越。

☆ 評析

　　墓碑是冰冷的，年年都一樣，姓名、年月日、紀念文字都一成不變，人不在，就算名垂千古，只是一個名字。奧菲厄斯本質是流動的，更不能以一個姓名、生歿年月來誌念。

　　倒不如讓玫瑰每年來懷念他，每年的玫瑰，每年都不一樣，每年凋謝，每年新生，生死輪轉，來生不同今世，今生異於前世。奧菲厄斯具有生死雙重身分，生生死死，千變萬化，他的變形，就像每年綻放的玫瑰，花花瓣瓣，花亦是瓣，瓣亦是花，相屬相異，年年相似，歲歲不同，這就是奧菲厄斯。

　　所以不要費神去尋找另一個描述他的名字了，有歌之處就有他，他就是歌！曲起，他如此來，曲散，他如此去，不也就夠了麼？一生有詩，一世就有他，有曲繞樑，餘音嫋嫋，何止三日？有時比玫瑰綻放還長久。

　　因是人，終有限，曲終人散，那是定數，他的歌，他的消散，甚至他的消失，來自我們生命的有限，皮之不存，毛將焉附？是我們的消失做成他的消失，是我們的轉身不顧，「他注定要消散」，因為「他的語言超越我們存在」。

　　甚至我們有限意識，難以追隨他的無限境界，他手揮七弦，目送飛鴻，縱有逾越之處，也心隨境動，安然聽從，無邊無際。

　　里爾克死後安葬在瑞士一個美麗安靜、居民分講德、法語的農村，他早年用德文寫詩，晚年改用法語，墓誌銘是自撰的三行詩句，提及玫瑰是一種純粹矛盾：

Rose, oh reiner Widerspruch, Lust,
Niemandes Schlaf zu sein unter soviel
Lidern.（德語原文）

Rose, oh pure contradiction, delight
of being no one's sleep under so many
Lids.（英譯）

玫瑰，純粹的矛盾，欣喜於
無人睡在層層重疊的
眼瞼底下。（中譯）

　　「眼瞼」（lidern）指人的眼皮，亦暗喻德語「歌曲」
（lieder），二者同音。眼瞼暗指「如此多的」（soviel）層層
重疊玫瑰花瓣，有如奧菲之歌。但「無人」睡在裡面，指奧菲
厄斯如來如去，變化萬千，亦可暗示里爾克對世界的幻滅，在
世無人識他，有人如無人，睡在如此多的玫瑰花瓣下。

第6首

他屬此世間？不是的
他底無限本質來自兩領域
善於編織柳枝
須懂得楊柳根性。

切勿讓麵包牛奶放在桌上
就去睡覺：這樣會招引亡魂
讓他去召喚他們
在半閉眼瞼幻境

看到鬼影幢幢
如魔似幻的紫堇與芸香草
對他而言，形像清晰合理。

誰也無法去干擾真實意象
來自墳墓也好，房間也好
讓他歌頌婚戒、手鐲、和甕罐。

☆ 評析

　　奧菲厄斯屬於陰陽兩領域，擁有無限藝術創作本質，非凡人所能亟及。隨著前一首（第五首）「他的變形／千變萬化，不需煩心」，他的超凡琴藝，就像但丁一樣恣意漫遊地府，來往陰陽兩界，擁抱生死兩界的「全部」。有生才有死，有死才知生。柳枝在風中飄舞曼歌，有如詩人編織譜曲吟唱。他們必須懂得柳樹成長根性，一切外形表現，皆自內心根基培養，前者形諸於世間諸物，如柳枝或樹木；後者隱藏地下，如樹根，或石塊覆掩的地下礦脈。

　　奧菲厄斯往返陰陽兩界，就是第五首最後一行所謂的「逾越」，詩人在陽世「琴弦無法束縛他雙手」，橫跨生死不會顧忌死魂的來臨。生者固然不可犯忌，把牛奶麵包留在桌上就去睡覺，但詩人半閉眼瞼的陰陽眼，卻可召喚心愛的鬼魂前來。

　　在如魔似幻的「紫菫與芸香草」植物靈媒引導下，他看到的魂魄形像，清晰合理，如同世間活人。所以我們不要去追認世界真假，真人不長久，也許是假，魂魄經常在，召喚即至，亦許是真。那就祝福我們的歌者吧，讓他歌頌一些甜蜜過往，來自冰涼墳墓也好，屋內熟悉房間也好，讓他去歌頌那曾一度山誓海誓的婚戒，定情手鐲，甚至貯存骨灰的希臘甕罐吧。

第7首

歌頌！是的，就是他的使命
像沉靜岩石顯現出來的礦脈
他用有限的心
搾給我們無窮美酒。

每當感到神靈降臨入體
歌聲永不會為此而停止
全變成葡萄園果實纍纍
在他南方熱情群山成熟。

帝皇棺槨無法腐蝕
眾神投下陰影
皆無法擾亂他的頌歌。

他是我們持久信使
捧著碗中成熟果實
歌頌走向遠處死亡門扉。

☆ 評析

承接著前面第六首最後三行的歌頌：

誰也無法去干擾真實意象
來自墳墓也好，房間也好
讓他歌頌婚戒、手鐲、和甕罐。

里爾克連接起所謂真實意象，房間也好，墳墓也好，必須
接受它們的存在加以歌頌，一切值得珍惜的過往，憑著記憶，
不會消減、淡忘、或消失。相反，隨著我們堅持有如聖歌的讚
美，都會添加更豐富內涵，成熟、甜美，像碗中奉獻的果實。

奧菲厄斯的出現，是沉默已久隱藏地底的礦脈。他的永恆
使命，是在讚美中，豐富了我們的生命，出自他有限心底無窮
的至誠歌聲，像豐盛的葡萄，在榨酒器流出鮮美葡萄汁去釀成
美酒：

歌聲永不會為此而停止
全變成葡萄園果實纍纍
在他南方熱情群山成熟。

第 *8* 首

只有「讚美」才能讓「悲傷」
離開，水仙在飲泣之泉
看守著我們涕泣
不讓傾流落那塊

撐起門戶和祭壇岩石——
看吶！她寧靜肩膀晨曦般
姊妹中最幼小
被眾仙女寵愛。

喜悅「知悉」，坦承「思念」
惟「哀慟」仍終夜學習
她纖手一五一十數著過往的錯。

驀然，生澀而頗為笨拙地
她舉起星座自我們歌聲裡
進入清澈夜晚的天空。

☆ 評析

　　里爾克把「哀慟」（Suffering，德文 Klage）人格化（personified）看作專有名詞（proper noun），同樣，詩內的「讚美」、「知悉」、「思念」亦如此。希臘神話裡的水仙，多是山林或水邊美麗的女性精靈，因此稱為水仙（Nymphs，奧菲厄斯的妻子尤麗迪絲 Eurydice，亦是水仙之一），她們和奧林匹克眾神歡愉結合，但仍在凡間不屬天神神譜。

　　水仙也不可與男性自戀而死的納西瑟斯（Narcissus，水仙花）混淆，納西瑟斯是河神和水仙的兒子，他的美貌讓所有見過他的人皆心生愛慕，卻因看到自己在水中倒影，瞬間愛上了自己，不可自拔而死，化身為水仙花。

　　奧菲厄斯陰間尋妻失敗，回到陽世落落寡歡，縱情酒色，終為崇拜酒神戴歐尼修斯（Dionysus）的酒女們（Maenads）惱其不假辭色，將其分屍，頭顱割下與豎琴被拋落河流，飄浮水中，但依舊伴著琴聲歌唱，後為水仙們撈獲。因此奧菲厄斯之死，與酒神、葡萄釀關係千絲萬縷，上一首（第七首）十四行已經有說：

> 每當感到神靈降臨入身
> 歌聲永不會為此而停止
> 全變葡萄園，果實纍纍
> 在他南方群山熱情成熟。

詩人「捧著碗中成熟果實／歌頌走向遠處死亡門扉。」那果實應該就是葡萄，連接起這一首對永恆死亡的歌頌，才能抵抗人間的「哀慟」。生命短暫無常，我們必須學習無可避免的死亡，去讚美、知悉之餘，還要懂得思念。至於在飲泣之泉其中一位最年幼的小水仙，應該是里爾克個人意象（personal imagery）。詩人於 1922 年元旦收到荷蘭友人克諾普夫人（Gertrude Ouckama Knoop）來信，告知年僅十九歲女兒維拉（Vera, 1902-1921，見十四行第 2 首）病逝噩耗。里爾克曾於第一次世界大戰前 1914 年在慕尼黑觀看過黝黑長髮，面目娟秀的維拉表演舞蹈，她的夭折帶給里爾克巨大衝擊與靈感，寫下不朽的《給奧菲厄斯十四行》。

　　現今多以十四行集上卷第 2、25 首，下卷第 13、18、28 首，尤其是第 13 首「把所有傷別超前，讓它們拋諸腦後」（Be ahead of all leaving as though it were behind you）當作紀念維拉之作，里爾克曾在 1922 年 3 月寫給克諾普夫人的一封信裡說，「這首詩最貼切表達悼念維拉」。

　　維拉死於白血病（leukemia），生前體重增加，只好放棄舞蹈而專注音樂，這也是里爾克把維拉與奧菲厄斯的琴聲歌唱、尤麗迪絲死亡連接在一起的原因，所以我們看十四行組詩，主角應有三個，除了奧菲厄斯夫婦，還要加上維拉。

　　但里爾克強調悼亡（elegiac）模式必須昇華而終止於讚美，只有「讚美」才能讓「哀慟」離開。1912 年從西班牙托雷多（Toledo）寄出的信札裡他說：「剛剛情緒比平日更偏執，悲傷經常支配一切，但我知道除非已決定稍後再撥弄，一個人

會充分利用這悲傷的琴弦，隨著其手段，所有歡樂便成長在其承擔一切的背後，一切的沉重與痛苦，沒有歡樂，聲音就不完整。」

（Just now my feelings are more than ever one-sided, lament often predominates, but I know that one may make such full use of the strings of lament only if one is determined to play on them later, with theirs means, the whole jubilation that grows behind all that is borne, all the heaviness and pain, and without which jubilation the voices are incomplete.）

奧菲厄斯死後，天神把河中飄流的豎琴拾起，送往天空，是為天琴星座。資料顯示，天琴座位於銀河的西岸為織女星，與天鷹座的牛郎星、天鵝座的天津四星，在夏季天空排列為直角三角型，為夏季大三角（Summer Triangle）。位於直角頂點為織女星，處於三角形較長一邊為牛郎星，另一邊則為天鵝座的天津四星。

至於織女、牛郎二星遙遙相對，巧合成奧菲厄斯與尤麗迪絲陰陽相隔，金風玉露不再相逢於人間。詩中最後一段小水仙女：

蔫然，生澀而頗為笨拙地
她舉起星座自我們歌聲裡
進入清澈夜晚的天空。

她舉起的星座，無疑是指一顆圍繞太陽公轉的小行星，以希臘神話悲哀飲泣、化為清泉而死的比布利斯（Byblis）為名的星座。奧維德（Ovid）《變形記》（*Metamorphoses*）內記載，少女比布利斯對她的孿生兄弟卡諾斯（Caunus）的愛，不是一般姐弟應有的愛，也不認為摟著弟弟脖子去親吻有什麼不對，是姐弟間正常感情。這種情感逐漸發生變化，每去找弟弟時，總要打扮一番，讓他看到自己的美，如他眼裡有誰比她更美，她就嫉妒。

比布利斯胡思亂想，認為天神克羅諾斯（Cronus）娶自己姐姐瑞亞（Rhea）為妻，俄刻阿諾斯（Oceanus）的妻子是他的妹妹特堤斯（Tethys），宙斯（Zeus）娶自己姐姐赫拉（Hera）為妻，並沒有什麼不對。寫信給弟弟坦白瘋狂愛著卡諾斯，已經不再是姐弟感情。卡諾斯收信大怒，敵不過姐姐無休止糾纏，只好離開祖國和罪惡姊姊，在異地建立一個新城邦。

比布利斯由於悲傷而完全瘋狂，四處遊蕩追蹤她的弟弟，終於疲乏不堪倒下，兩手抓住地上青草，哭得淚流成河，水仙們想幫助她，卻徒勞無功，等到她眼淚流乾，變成一池清泉。這種變體為淚泉，一點一滴、無窮無盡的絕望悲哀，比死亡還超過。

里爾克在其他信札及詩中，常提到比布利斯和達芙妮（Daphne）月桂神話的變形悲哀，如此清澈見底的淚泉，如此長期黑暗的月桂樹內，正是他認為藝術家的絕望處境。

第 *9* 首

只有他明亮七弦琴
在重重陰影下響起
才會繼續瞻望，恢復
無窮天機的讚美。

只有他曾和死者
一起嘗食永眠罌粟
才永不會再次失去
柔和的弦調。

雖然水池倒影
經常變得模糊
要記住原來不動影像啊！

只有在那雙重領域
才能讓聲音變得
純淨，永恆。

☆ 評析

　　此詩仍是連接上一首徘徊陰陽兩界的奧菲厄斯，在「重重陰影」死亡領域下，響起「明亮的七弦琴」，歌唱無盡的讚美。死亡不是生命的終止，而是生命的繼延，奧菲厄斯勇敢進入死域，和亡者共食永眠罌粟（詩內德語 Mohn 罌粟，在西方傳統文化含有催眠與死亡之意），正是生命合成死亡於一體。

　　第三段氣勢萬鈞，我們才明白詩人的警句，無論生生死死，時光荏苒中生命種種的消逝流轉，有如水池不斷搖晃倒影，模糊不清，但我們千萬不要迷失本性，要記住「原來不動影像」的自己（德文：Wisse das Bild，英譯：Know and be still）。

第 *10* 首

你們未曾離開過我
我向你們致意，古老石棺群
鑿開的泉水，自古羅馬時代
歡欣流過，像飄泊的歌。

或是其他盛開的
像牧童醒來快樂張眼
一切靜止在紅蕁麻花
狂蝶歡樂飛舞。

豁然開朗後
我歡迎重新張開的嘴
知道了沉默意義。

朋友，我們明白或不明白？
兩者皆於猶豫間
形成在我們臉上。

☆ 評析

　　第一段的「你們」，是指羅馬的石棺群（sacrophagi），據原來希臘文字，sacro 有肉身之意，phagus 指吞噬，石棺（sacrophagus）就是吞食肉身的石棺槨。羅馬人後來把這些石棺群與水源連接起來，成為下水道（aquaduct），提供用水，有時長達十多英里，至今仍在。里爾克曾有詩〈羅馬石棺〉（Romische Sarkophage）描述，他於 1903 年從羅馬寫的信札有說「無盡充滿生氣的活水越過古老下水道進入這城市」。

　　在《馬爾特手記》（*The Notebooks of Malte Laurids Brigge*）也有提及「我應否想像他在阿利斯康靈魂安息的陰影裡，目光追隨一隻蜻蜓，遊移在那些空洞墓穴，如同復活者們敞開的墓穴？」（Shall I imagine him in the soul-inhabited shade of Alyscamps, his glance pursuing a dragon-fly between those graves that are open as the graves of the resurrected?）

　　阿利斯康（Alyscamps）是一個大古羅馬墓地，位於法國阿爾勒（Arles, France）舊城牆外。這是古代世界最著名的墓地之一。它們在中世紀很有名，見於但丁《地獄篇》。羅馬城市傳統禁止葬在城內，因此城外近郊道路旁林立的墓葬和陵墓很常見。阿利斯康作為阿爾勒主要墓地近 1500 年，在 4 世紀該市基督教化後仍繼續使用。這個區域是安葬理想地點，早在 4 世紀就已經有幾千處墓葬，大部分都是古代石棺。

　　活水流過死人墓，充滿活力和希望，像一首歡樂飄泊的歌，或是牧童午睡醒來，懶洋洋張開的眼睛。一切自沉默中豁

然開朗，世間重新有了聲音和語言，但是詩人隨即詢問，我們在這些聲音語言裡知道什麼？或是不知道什麼？就像知識裡，生死裡，「我們明白或不明白？／兩者皆於猶豫間」，晨曦嗎？夕陽嗎？模稜兩可顯示在我們臉上或歌裡，像奧菲厄斯的人或歌，永遠不知歸屬何處，陰間或是陽世？

第 *11* 首

看這夜晚星空，為何沒有
「騎者」星座？它深印我們心中：
大地引以為傲，而這騎者
奮力驅使、策韁、騎御。

一聲長嘶，收步停止，我們本性
從頭到尾是否真的如此？
一拖一拉，轉向，就全新領域
一下就夠，二者合而為一。

但他們真的是否這樣？或是二者
從未決定在同一路線及馳騁方向？
彼此無言，各自朝往草原或餐桌。

就連星辰圖象也可欺騙我們
即使如此，我們也可短暫快樂一下
把我們信念放在一個圖象，這就夠了。

☆ 評析

　　這是十四行中比較令人費解的詩，而且遠離奧菲厄斯主題，以星象剖釋人性。第一段的「騎者」（The Rider）星座，詩人借騎者信心滿滿策騎「大地引以為傲」的馬匹，卻發覺如人類天性（human nature），有聽話與不聽話的兩面，馴性與野性相悖，猶如人騎馬上。詩人質疑：「我們本性／從頭到尾是否真的如此？」只要「一拖一拉，轉向」就是全新領域？只要「一下就夠」，人馬就可合而為一？

　　第三段明顯指出，人性猶豫，有如人馬兩者本性分歧，馬有馬想，人有人想，馬想去草原喫草，人想回飯桌吃飯，「二者／從未決定在同一路線及馳騁方向」。

　　既然如此，就連「騎者」星座圖象在夜晚天空也可欺騙我們，此星一大一小，有似人騎馬上，一策一縱間，看來以為人策馬，馬奔騰，其實人有人想回家，馬有馬想去草地。人類天性的分歧（disunity），亦可見諸於天上星宿「騎者」圖象（figure），表面看似人馬和諧配合，我們只要把「信念放在一個圖象」就夠了。

　　里爾克提到的「騎者」星座，為阿拉伯星象學的兩星，位在北斗七星杓柄，稱為「開陽雙星」，由開陽（Mizar）和開陽增一（Alcor）兩顆星構成裸眼雙星（肉眼分辨開陽和開陽增一的能力通常被用於視力測試，儘管實際上視力較差的人也能看出兩顆星）。阿拉伯文學認為，只有視力最好的人才能看到開陽的伴星，位於大熊座北斗七星柄上，里爾克可能視力不好，

開首第一句就說找不到。

開陽是北斗七星杓柄末端倒數第二顆星，而開陽增一是其較暗伴星。開陽西方學名 Mizar 源自阿拉伯語，意為「圍裙」、「包裝」、「覆蓋」。開陽增一源自阿拉伯語，意思是「被遺忘者」或「被忽略者」，作為開陽的伴星而聞名。

第 *12* 首

啊！歡迎神靈把我們連接起來！
我們一直在圖象裡生存
鐘點用細碎腳步指點時間
隨我們一起過著務實日子。

不太清楚自己適當位置
我們大都自以為是
天線感觸更遠更多天線
它們自一片空白距離帶來

純粹電波！啊，強勁音樂！
難道我們的瑣碎日常
不受你的音響干擾？

無論農夫如何擔憂苦幹
他無法觸知種籽泥土裡轉變
進入夏日，那是大地在孕育。

☆評析

　　《給奧菲厄斯十四行》第 1 首到第 12 首發展下來，可以稍窺十四行集的創作軌跡。

　　從第 1 到第 10 首，奧菲之歌（Orphic songs）主題恆存，它們具備創作者思路安排，有些是連貫思維，甚至可以大膽臆測，本是多首或一、兩首完整連續長詩，為了造就十四行短歌，詩人把它們分拆出來，各自表述，因此閱讀，亦應留意整體思路為主。

　　到了第 11、12 首，應是詩人對天上星宿轉入地上無線電波衝擊日常生活的感觸，第 12 首第一段仍用 11 首的「景象」（figure）一字，但已從視覺「景象」發展入聽覺「音象」。

　　1906 年聖誕前夕，美國愛迪生（Thomas Edison）公司研究員范信達（另有中譯名費森登，Reginald Fessenden，1866-1932）在麻薩諸塞州國家電器公司 400 尺高的無線電塔上進行第一次電台廣播，廣播節目主要是讀《聖經》主耶穌基督降生一段福音，另外還用唱片播出韓德爾（G. F. Handel, 1685-1759）一齣義大利風格歌劇《波斯王薛西斯》（Xerxes）內一首「詠歎調」（aria）。此劇 1738 年春在倫敦首演後只演出五場，就因票房不佳失敗收場。但韓德爾後來將劇中部分旋律改編成管弦樂曲，成為最受歡迎作品之一，也是大家熟悉的最緩板（largo）。這首詠歎調在第一幕由主角波斯王薛西斯一世在花園樹蔭下休息時唱出，歌劇中最著名的旋律，便是這首詠歎調「樹蔭之歌」（Ombra mai fu），由男或女次高音唱出讚美

梧桐樹蔭（倫敦最流行種植所謂倫敦梧桐 London plane）的小夜曲。

歌詞大意說，這柔和美麗梧桐樹蔭多麼令人懷念，讓命運神眷顧我心愛的樹，望雷電、狂風暴雨的侵襲，不會打擾這棵樹下和平安寧：

Tender and beautiful fronds

Of my beloved plane tree

Let fate smile upon you

May thunder, lightning, and storms

Never bother your dear peace

Nor may you by blowing winds be profaned

韓德爾在曲中想表現是南方炎熱與倦怠感，由於曲調相當優美，這旋律就被編寫成器樂獨奏曲或合奏曲，而以韓德爾的最緩板聞名。

一般認為范信達 1906 年的廣播是世界第一次成功的傳聲實驗，並被公認為無線電聲音廣播誕生的標誌。那年里爾克正是 31 歲盛年，自然注意到：

天線感觸更遠更多天線
它們自一片空白距離帶來

純粹電波！

同樣，里爾克在眾樹歌唱之餘，對梧桐樹蔭的詠歎調自有偏愛，但他強調，我們每天的瑣碎日常，隨著時鐘過著平凡日子，不清楚該放在那裡適當成長的位置，每天工作，每天辛苦徒勞，不知目的何在、收成如何？像農夫把種籽放入泥土裡，永遠無法觸摸掌握到它們成熟進入夏季收成的過程，只有培育它們的土地知道。

　　那麼誰又在培育我們呢？

第13首

甜美蘋果、梨子和香蕉
燈籠果……它們皆在舌尖
道出生與死……我認為
可在一個女孩品嘗表情

知悉,那來自老遠的……
你會慢慢留意嘴內的不可言傳?
先前還是語言,流淌出心得
從水果肉質釋放出來,讓人驚歎。

敢說你的蘋果就是蘋果?
這種甜蜜,原味濃醇
散發出來,一種緩慢品味升起

臻達一種明朗、醒覺、透明
對立的和諧、陽光、在地
啊,經驗,撫觸、快感、豐饒!

☆ 評析

　　隨著上第 12 首的十四行強調「那是大地在孕育」，下面的 13、14、15 三首均是以大地的豐沃花木果實，來表達出強勁的生命力生長。

　　一個蘋果，里爾克文字變幻無窮，充滿性感、激情、煽動，堪足為現代詩的抒情象徵典範。第一段水果堆裡，詩人不是像一般詩作以身作則訴說品嘗經驗，而是從一個女孩「品嘗的表情／知悉」，很明顯，里爾克心中女孩應就是早逝的維拉（Vera）。她那種未經世故、接觸或品嘗各種事物的表情，「先前還是語言，流淌出心得／從水果肉質釋放出來」，每次都是那麼詭異留戀，後來再進一步「不可言傳」。其中人類始祖樂園初嘗的蘋果，口感與味道充滿刺激不可置信，從舌尖中「道出生與死」的味道。

　　大地孕育的生命充滿驚喜與驚奇，隨著經驗，定義與岐義越豐滿，「敢說你的蘋果就是蘋果？」里爾克問，答案似乎就是一種悖論，自己不是自己，蘋果不是蘋果。人的性情，蘋果香甜，一旦散發出來，感官接受隨著經歷遞增，附會聯想，事物演繹不再單一。品味蘋果，里爾克連用了十個形容詞——明朗、醒覺、透明、對立的和諧、陽光、在地、經驗，撫觸、快感、豐饒！

第14首

和我們一起的花、果、和葉
它們的語言豈止四季流轉
黑暗冒出展現奪目光彩
也許就是用來豐沃土壤

死者嫉妒的閃爍。我們怎知
遠古循環，它們扮演的角色？
長久以來，它們的任務就是
用強勁精髓讓土壤豐腴。

那是它們自願的嗎？我們置疑
抑或這果子，自奴隸苦役成長，伸出
一只握拳的手，威脅它們的主人我們？

或者它們才是主人，睡在
根鬚旁把財富賜給我們，那些
無聲無息，剛勁與柔吻的合成體？

☆ 評析

　　這首詩強烈顯示奧菲神話陰陽相隔與互補的內涵，陰陽相隔世界裡，我們在陽間看到只是事物表面，像水果樹的花果及葉，它們從地下黑暗的泥土冒出，跟著就是四季流轉光彩奪目語言，其實豈止這些？

　　這些生者燦爛，實是來自地底死者的腐爛，提供生者豐沃泥土養料，從古至今生死循環，「死亡」的任務，就是輸送「新生」養料，生者一切奪目「光彩」的語言，也許就是死者「嫉妒」閃爍的目光。

　　究竟誰在主宰這一切？生或是死？誰是主人，誰是奴隸提供一切勞役？最後「結果」，果實倒像是一只握拳的手，威脅自以為是的主人，我們。

　　為什麼死者才是真正主人呢？因為生如朝露，並不長久，在陰間黑暗領域裡面，死亡從地底生長的根鬚，把豐富的財富賜給我們，那是一種合成體，無聲無息，充滿剛勁與溫柔，如力與吻。

第*15*首

且慢……味道甚佳……一下子就吃掉了
……幾顆音符，一些輕敲，一種微弱的
哼聲——妳們這些女孩，那麼溫醇安靜
舞出你們熟悉水果的滋味！

舞出橘子，誰能忘記它？
它沉醉於自我甜蜜，又極力
掙扎出來。妳已擁有
它全部皈依向妳的甜美。

舞出橘子，熱烈陽光的景色——
從妳那裡拋出來，讓它成熟
在家鄉的微風！剝光，遍體通紅

清香撲鼻，讓妳和柔順
欲迎又拒的純真果皮發生關係
還有注滿在內鮮美果汁的歡愉。

☆ 評析

這一首寫橘子，用上非常性感（sensuous），甚至幾乎情色（erotic）的語言，把柔軟多汁的橘子在擬人格的詞彙裡，展示出它與人體特徵相關的聯想內涵。「舞出橘子」也極可能是寫給少女維拉（Vera）和其他少女舞蹈員表演的一首詩，甚至舞者的主題或舞蹈名稱就叫橘子，現今已無從考究。

和第 13、14 首強調向下扎根，吸取黑暗腐爛肥料的果樹不同，陽光溫醇可口的橘子，變形與舞蹈少女們合而為一，她們在忘形舞蹈裡，舞出橘子，分不出舞者是橘子，或是橘子在舞中。最奧妙的還有吃橘者或觀舞者的感覺，在吃或觀的接受中，明顯感受到甜蜜轉移，橘子心甘情願把本身的甜美，「皈依」於舞者的舞蹈。

舞者熱烈的舞蹈，隨著家鄉微風把橘子「拋向」成熟，是吃橘者剝光果皮享受遍體通紅、色香俱全橘子的時候了，剝皮過程裡，一層又一層清香撲鼻，吃果者與果子發生關係，柔軟的果皮欲迎又拒，被剝光後，讓吃果者享用到注滿在內甜美多汁的歡愉。

第 *16* 首

你孤獨，我的友人，因為你是……
我倆只用一語或一指符號
逐漸造出我們的世界
雖然可能是最弱最危險部分。

手指能否指出氣味？
然而潛伏我們身邊黑暗力量
你能感到許多……知悉亡靈
甚至擺脫那些魔咒。

聽著！我們一起定要負擔
許多零碎片斷，就像它們
原來整體，但小心，千萬不要

把我植在你心中。我會年長不適合你
但會帶領主人的手並且說：
就這裡，這是以掃在牠皮毛下。

☆ 評析

　　里爾克愛狗，這是一首人狗相處的詩，但全詩未提一狗字。先說詩中最後一句「這是以掃在牠皮毛下」，典出《舊約聖經·創世紀》25 章內載，以撒（Issac）因他妻子不生育，就為她祈求耶和華，耶和華應允他的祈求，他的妻子利百加（Rebekah）就懷了孕。孩子在她腹中彼此相爭，她就求問耶和華。耶和華對她說：兩國在你腹內，兩族要從你身上出來，這族必強於那族，將來大的要服侍小的。生產日子到了，腹中果然是雙胞胎，先產的身體發紅，渾身有毛，如同皮衣，他們就給他取名以掃（Esau，就是有毛的意思），隨後又生了以掃的兄弟，手抓住以掃的腳跟，因此取名叫雅各（Jacob，就是抓住的意思）。

　　以掃在牠皮毛下，就是指一隻長毛紅皮的狗。

　　里爾克不只一次在書信裡提到他與狗親切的關係，在 1912年 12 月 17 日寫給在塔克西斯帝國的瑪莉郡主（Princess Marie von Thurn）信件內提到在西班牙的科爾多瓦碰到一隻小母狗經驗：

　　……就像最近在科爾多瓦碰到一隻懷孕滿月的小醜母狗跑來找我；她並不出色，肯定滿胎意外小兒等待出世；但剛巧我倆均孤獨，她蹣跚走來，抬頭睜大眼睛望我，充滿愛心與熱情尋找我的目光，而她的凝視卻是不管我知不知道，全面投入我們將來或無法知悉的未來；事件終於緩解於她獲得我用來喝咖啡的一顆方糖，但同時，噢，真的是同時，我倆可說得同時修

行（read mass together），整個行動是施與受，與其他一切無關，但其意義與嚴肅性，甚至我們整體認識，卻龐大無比。此事只能發生在世間，這麼美好一切的發生都是心甘情願，即使還有不肯定，還有一點罪惡感，也沒什麼英雄感，但有人終將準備好接受美妙的聖寵。

...as recently in Cordova where an ugly little bitch, to the highest degree prematernal, came to me; she was not a remarkable animal, and certainly she was full of accidental young ones about which no fuss will have been made; but since we were all alone, she came over to me, hard as it was for her, and raised her eyes enlarged by care and fervor and sought my glance, and in hers was truly everything that goes beyond the individual, whither I don't know, into the future or into the incomprehensible; the situation resolved itself in her getting a piece of sugar from my coffee, but incidentally, oh so incidentally, we read mass together so to say, the action was nothing in itself but giving and accepting, but the meaning and the seriousness and our whole understanding was boundless. That after all can happen only on earth, it is good at all events to have gone through here willingly, even though uncertainly, even though guiltily, even though not at all heroically, one will at last be wonderfully prepared for divine conditions.

上信與上詩開首均強調主角孤獨的處境，詩中的孤獨者，因是獸，被人遺棄在孤獨的世界。但詩人友善稱牠為友人，表示接受共處，用人間簡單的語音或手指符號，超越語言而進入

語意（semiotics）的詮釋。信中的小母狗跑來的凝視亦是一樣，「充滿愛心與熱情尋找我的目光，而她的凝視卻是不管我知不知道，全面投入我們將來或無法知悉的未來」，這種人間的互信、互動、與互助，一邊在求，一邊在施，一邊在受，十分難得。雖然這偶遇事件終結在一顆咖啡方糖，但其中孤獨者的超越，如同望一臺彌撒般修行，得獲聖寵。

可惜在這支離破碎的世界，人狗逐漸造出來的世界何其渺小，也「可能是最弱最危險部分」。

詩中的人與狗有感官各異的鴻溝，狗憑直覺交感，人憑意識判斷，狗憑嗅覺尋找，甚至可深入幽冥地域感知亡靈（里爾克的神祕主義觀），人則不能。最大的鴻溝還是人狗壽命長短不同，人長狗短，所以千萬不可陷入恩愛，長留心底，一旦分離，難捨難分，但詩人承諾會把他主人（奧菲厄斯）的手，帶領這以掃狗同赴陰陽兩界。

第 *17* 首

祖先在地底咆哮著
樹根隱藏深處
那些上面開枝散葉
無視血統根源。

帶角頭盔獵人
白鬍先祖語言
兄弟彼此仇恨
女人像弦琴。

枝椏交叉相纏
沒有一枝自由自在
繼續爬升……爬升

即使如此，它們折斷
但最頂的一枝終於
彎曲成豎琴。

☆ 評析

里爾克用猶太人的家譜樹（family tree）來追述以色列先祖波阿斯（Boaz），應是受到閱讀雨果（Victor Hugo）長詩〈波阿斯睡著〉（Booz Endormi, Boaz Asleep）影響。

波阿斯典出《舊約聖經》〈路得記〉（*Book of Ruth*）內記載，他是一個富有財主，注意到親戚拿俄米（Naomi）的寡婦兒媳外邦摩押人（Moab）路得（Ruth）到他那裡拾取田間麥穗，很快了解到這個家庭困難，以及路得對婆婆的忠心，於是邀請她與他的工人一同吃飯，並且故意留下麥粒給她拾取。拿俄米為路得設想，要為她找個安身之所。她要路得沐浴抹膏，夜間到禾場睡在波阿斯腳旁，對他說：「求你用你的衣襟遮蓋我，因你是我一個至近的親屬。」波阿斯遂和路得建立了友誼，繼而結褵。

波阿斯和路得的兒子是俄備得（Obed），俄備得是耶穌（Jesse）的父親、大衛（David）的祖父，路得就是大衛的曾祖母，大衛是耶穌的先祖，為猶大最受尊崇的王。

路得被記載在耶穌家譜，耶穌基督按肉身說，是從大衛後裔生的。

那麼和雨果「波阿斯在睡」這首詩有什麼關係呢？原來雨果描述波阿斯睡夢中：

波阿斯四肢舒展，眼睛緊閉
在他頭頂天堂大門打開

一個夢進入他腦袋
夢裡他看到一棵橡樹
從他下身一直爬升向天空：
一族系的人像一串鎖鍊，日後
一個王隨詩篇來臨，一個神死。

...Spread
Out, with eyes fast shut, was Boaz. Far
Above him, falling from a door ajar
In the heavens, a dream took up his head.
And in that dream he saw an oak tree climb
As from his loins into the very sky:
A chain, a line of people, to whom in time
A king would come with psalms, and a god die.

波阿斯在夢中這樣回答神的使命：

我髮妻離世已好久
耶和華，我床榻遂為您而設
她雖歿猶存，就像延續著
一個雖存猶歿的半活人。
但要從我血脈傳承族裔，怎麼可能？
怎能輝煌如晨曦曙光
假若時光已所剩無餘？
現有的我只有餘生與長壽。

像冬日樹木剝削殆盡
到了黃昏，清醒想一天過去
繼續朝向墳墓去，現我彎
沉重如一隻牛在飲水。
老波阿斯如是說，眼睛思睡
辜負上帝，並非來自驀然酷熱。
榆樹蔭影下看不到玫瑰
也看不到躺在腳旁女人。

How long ago it seems the one I wed
Has gone and left my couch for yours, Yehova:
But what she was, she is, as though carried over
By one half-living still to one half dead.
A race from out my blood: how can that be?
How shall I glory with the dawn's first ray
If none of mine are with me through the day?
Mine is survival and longevity.
I am as trees stripped in the winter, think
At evening, soberly, on the what has been.
To the tomb, continually, now I lean
As the ox does, heavily, down to drink.
So spoke old Boaz, turning, eyes betrayed
By sleep to God and not the sudden heat.
The cedar sees no roses in its shade
Nor he the woman stretched out at his feet.

雨果繼續描述波阿斯腳下的女人：

她熟睡，摩押人路得
羅襦半解，靠在波阿斯腳旁
祈望著，誰說得準呢，一些半睜眼
一瞥就黎明在望陽光普照了
其實波阿斯真的不知路得在
路得也不知神的旨意是什麼
好吧，那時香氣如蘭，清風微拂
夜晚靜穆，充滿喜氣
許多半信半疑中，一群天使
從等候時刻飛入，一抹淺藍
翅翼拍動如暴風雨
波阿斯仍鼾聲如雷
淙淙流水穿過苔蘚
大地甜蜜濃郁，季節在山巔
浮雕以潔白百合鮮花。

As she slumbered, Ruth, a Moabite,
Was still near Boaz with her breasts undone,
Hoping, who can say, some half-begun
Glance would open into morning light.
Boaz did not know that Ruth was there,
Nor Ruth herself what God intended. Well

That there came the perfume of the asphodel,

And Galgala lay within the light wind's care.

The night was solemn, august and bridal. There flew

Or not among the shadows hesitating

A host of angels in that hour of waiting,

A tempest as though of wings, a flash of blue.

The sound of Boaz breathing kept the hours:

the water trickled quietly through the moss:

Nature at her sweetest, when months emboss

The summits of the hills with lily flowers.

上詩取自雨果晚年鉅著《世紀傳說》（*La Légends des Siè-cles*, 1859），全書共 3 卷，以聖經故事、古代神話和民間傳說為題材。很明顯，里爾克為了下面的詩句催動：

夢裡他看到一棵橡樹

從他下身一直爬升向天空：

一族系的人像一串鎖鍊，日後

一個王將隨著詩篇來臨，一個神死

他，自然就是白鬚先祖波阿斯，像一株大樹開枝散葉，直到以色列萬王之王耶穌出現，但是從〈路得記〉看下去，〈撒母耳記〉、〈列王記〉……等等，撒母耳、掃羅、大衛、押沙龍、所羅門……就知道人心險惡，人性脆弱動搖，兄弟相殘，女人如樂器，任人撫弄。里爾克似乎在說，從前的世代，可以發揮

極醜惡影響到其後代，但在族譜樹頂端，也就是奧菲藝術視野（Orphic art, vision）的超越，枝椏能夠上升而不斷折，彎曲如七弦琴。

第 *18* 首

主人，聽到那新起
咆哮與震盪嗎？
這就是預兆
前來宣布慶祝。

即使震耳欲聾
充滿聲音與憤怒
每一單元組合
都要求稱讚。

看這機器，怎樣
轉動出仇恨
把我們扭曲變得羸弱。

它的力量出自我們
卻冷漠無情
就讓它服務我們吧。

☆ 評析

　　里爾克（1875-1926）年代正是工業革命（The Industrial Revolution ）進入 18 世紀後半期後，資本主義生產完成了從工場手工業向機器大工業過渡的階段。工業革命是以機器取代人力，以大規模工廠化生產取代個體工場手工生產的一場生產與科技革命。由於機器的發明及運用成為了這個時代的標誌，歷史學家稱這個時代為「機器時代」（the Age of Machines）。18 世紀中葉，英國人瓦特（James Watt 1736-1819）改良蒸汽機（steam engine）之後，由一系列技術革命引起了從手工勞動向動力機器生產轉變的重大飛躍。隨後向英國乃至整個歐洲大陸傳播，19 世紀傳至北美。一般認為，蒸汽機、煤、鐵和鋼是促成工業革命技術加速發展的四項主要因素。

　　以機器取代人力，以機器集體生產取代手工個體勞動生產，正是與里爾克的人文觀念、個體藝術觀背道而馳的。這點尼采（1844-1900）「上帝之死」正好提供一個支撐點，尼采認為上帝的死所帶來的崩解即是現存的道德假設：「當一個人放棄基督信仰時，他就把基督教的道德觀從自己腳下抽出來了。這種道德觀絕非不證自明……當一個人打破了信仰上帝這項基督教化，就等於打破了一切：一個人的手中必然空虛。」上帝之死是說明人類再不能相信這種宇宙秩序的方法，因為他們無法識別這種秩序是否真正存在。尼采認為「上帝已死」，不單對人對宇宙或物質秩序失去信心，更令人否定絕對價值——不再相信一種客觀而且普世地存在的道德法律，把每個個體都包

括在內。這種絕對道德觀的失去，就是虛無主義的開端。

里爾克和尼采的關係還不止此，他們先後愛上俄羅斯流放貴族才女露・莎樂美（Lou Andreas-Salomé, 1861-1937）。尼采經友人推薦介紹，對莎樂美一見傾心，雖然比她大 17 歲，然而相交（相戀）多年，莎樂美依然不為所動，不肯作嫁，遂而分手。一直多年以後在一個場合碰到里爾克，年青詩人那時只 22 歲，莎樂美 36 歲，比他大 14 歲，然後慧眼識英雄，從里爾克溫柔憂鬱的眼神，看出有如美玉的潛質，溫暖、智慧、謙和。他們相戀三年多，同訪俄羅斯兩次，見到契訶夫、高爾基和托爾斯泰。最後她又不耐里爾克的羸弱性格和過度的戀母情結，飄然離去，那年她 40 歲，里爾克 26 歲。但不像和尼采交往，分手後老死不相往來，她和里爾克一生保持書信往來，直到詩人逝世。里爾克去世後她發表了回憶錄《萊納・瑪麗亞・里爾克》，英譯書名非常動人，《僅你對我最為真實：追憶里爾克》（*You Alone Are Real to Me*：*Remembering Rainer Maria Rilke,* tr. Angela von der Lippe, 2003）。

所以里爾克注意到尼采，以及他的著作是必然的，尤其是《查拉圖斯特拉如是說》，那是尼采和莎樂美交往時及分手後完成的著作。里爾克沒有尼采偏激暴烈性格，他是一個虔誠天主教信徒，沒有虛無主義，相反，他把有如基督肉身成聖的經驗加諸於希臘神話的奧菲厄斯，徘徊於陰陽兩極的神人，是人間的理想，也是理想的幻滅。

機器時代所產生對人文的破壞性與尼采所謂的個體性，正是里爾克所懼怕震耳欲聾，充滿憤怒不滿的聲響，他向他的「主

人」祈求、詢問……

主人，聽到那新起
咆哮與震盪嗎？
這就是預兆
前來宣布慶祝。

主人（Herr，德文），英譯多作 master 或 lord，但不宜把後者看作「上帝」譯，應以「主人」解，因詩人的主人是奧菲厄斯。那些冰冷機器產生出的大型競爭性的工業社會，人類爾虞我詐，強者生，弱者己，恨多於愛，人性扭曲醜惡：

轉動出仇恨
把我們扭曲變得羸弱。

我們製造了機器，自己也成為機器部分，人心有詐，機器無情，就只好讓它「服務」我們吧。

海德格（Martin Heidegger）曾在 1946 年〈詩人何為？〉（Wozu Dichter? Why Poets?）一文中，論及荷德林（Friedrich Hölderlin）詩作〈麵包與酒〉時，指出荷德林提到貧乏時代的來臨，「在這貧困的時代，詩人有什麼用場？」科技統治了世界，黑暗的夜其實是「科技的白晝」，這樣的一個貧困時代，為何只有詩人如荷德林及里爾克能夠具有才識，冒險躍下深淵追尋消失的諸神蹤跡？

第 *19* 首

雖則世間無常
事物變幻如雲
一切完成留下來的
又重回到原始狀態。

超越變化與流逝
更龐大更自在
飛揚著起奏序曲
你仍是豎琴之神。

不懂受傷為何物
從未明白何為愛情
自我們死亡解脫的

從未真正知悉。
此歌只應天上有
它讚美及祝聖。

☆ 評析

　　里爾克以宗教虔誠去歌頌豎琴之神奧菲厄斯，超越世界的變化與流逝，但藝術家的純真卻脆弱易受傷害：

　　不懂受傷為何物
　　從未明白何為愛情
　　自我們死亡解脫的
　　從未真正知悉。

　　所以奧菲之歌只應天上有，有如天籟，充滿聖歌的讚美（celebrate）與祝聖（consecrate）。這就是里爾克本人的「我信」（creed）或《信經》（credo）。天主教「使徒信經」是早期基督教會信仰的敘述，根據教會傳統，使徒們最後一次聚集在耶路撒冷，準備到世界各地傳福音，每人寫下一條信仰原則，共十二句，十二個使徒寫完後就分手，再沒機會見面，相繼為主殉道。里爾克用了十四行，說出他對歌神的信念。

　　里爾克為虔誠天主教信徒，雖則在神祕主義實踐上，尊崇希臘神話的奧菲厄斯為音樂之神，但在詞句的運作，依舊遵循教會儀式所用的詞彙，譬如詩中最後一行奧菲之歌的「讚美與祝聖」，英譯本用 celebrates and sanctifies（德文 heiligt und feiert），即帶宗教儀式（ritual）祝聖（consecrate）之意。所謂祝聖，據《舊約聖經》是上帝定下的一種給人或物作為上帝的標記（使人或物成為聖物或歸於天主名下），或以傳授神權

的方式,「你祝聖過的,都成了至聖之物……」(《出谷紀》30:29)。

　　但是海德格依然在斥責(見上卷第 18 首評析)歌唱的存在功能,其實他是以存在哲學來分析荷德林和里爾克的詩歌,常為德國文學學者所詬病,他說:「里爾克是一個貧困時代詩人嗎?他的詩與這時代的貧困有何關係?他的詩達到深淵有多深?假若這詩人走向他能到達的地方,那麼他去往何處?……人們還沒有學會愛情,但世間凡人存在,只要語言在,他們就存在,歌聲依然棲留在他們貧困的大地,歌者詞句依然持有神聖的蹤跡。《給奧菲厄斯十四行》內的一首歌(上卷第 19 首)說明了這一切,在這時刻,連神聖的蹤跡也變得無法辨認了。」

第 *20* 首

但主人，我又將以什麼禮物奉獻
答謝您啟蒙所有生物的聆聽耳朵？
——我想起很久以前一個黃昏
俄羅斯春天，一匹駿馬……

孤獨、純白、自村子奔躍而來
前蹄仍繫著栓馬索圈
單獨在田野
捲鬃拍動著

頸項，隨著自己歡樂節奏
馳騁在殘暴的束縛
春天多麼沸騰的駿馬血液啊！

牠感到，那麼廣闊的無垠！
牠歌唱，牠聽到，您歌順序
全部都在牠裡面。

☆ 評析

主人應是指奧菲爾斯。

第 18 首十四行內提到里爾克與露‧莎樂美，相戀三年多，同訪俄羅斯兩次，見到契訶夫、高爾基、和托爾斯泰，1900 年 5 月第二次俄羅斯之旅，除了見到托爾斯泰外，還認識名畫家列昂尼‧巴斯特納克（Leonid Pasternak）和他的兒子，也就是寫《齊瓦哥醫生》及其他作品獲得諾貝爾獎的鮑里斯‧巴斯特納克（Boris Pasternak）建立了很深的友誼。

1911 年里爾克寫了第 1 首《杜英諾哀歌》第一行後便因第一次世界大戰（1914-1918）及憂鬱症無法寫作，拒絕讀報，自我孤絕，停筆十年，在慕尼黑等待戰爭結束。直到 1922 年初在瑞士的穆佐城堡（Château de Muzot，其實是小塔樓）神思勃發，短短數天，《杜英諾哀歌》全部完成，同時也完成第一部 25 首的《給奧菲爾斯十四行》（成書時是 26 首）。

1922 年 2 月 11 日里爾克在穆佐城堡寫給莎樂美一封信，說起他倆在伏爾加河邊尼素維加（Nisovka）村落，奔馳而來一匹繫著栓馬索圈的白馬，應是莎樂美舊識。信內這麼說：

露，親愛的露，現在：

這時刻，星期六，2 月 11 號六點鐘完成第十首最後的哀歌，我放下筆。這首（即使本來就注定是最後一首）在杜英諾開始就寫著「終有一日，從這驚人的景象顯露出來／讓我先向認可的天使們爆出歡欣讚美⋯⋯」。雖然我曾讀給妳聽，但現今僅

開首的十二行存留下來，所有其他都是新撰，對，非常，非常棒！試想想，我居然能一直被允許存活下來，千辛萬苦，奇蹟，神的恩典——全在幾天內完成。那時的杜英諾哀歌就像一陣狂風暴雨，我整個人成為剪剪裁裁的布料，千修萬改，飲食皆忘。

還有，想想看，另一方面（於風雨前一口氣《給奧菲厄斯十四行》25 首紀念維拉逝世）內提到那匹馬，妳是記得的，前蹄鎖著栓腳圈不羈快樂的白馬，在夕陽掩影伏爾加河旁田野，朝著我們飛奔而來。我在詩內把牠寫為奉獻給奧菲厄斯答謝神恩的還願供品。時間為何？今朝為何？這麼許多年後，牠從心底發出的喜悅跳躍激盪我的胸懷。

同樣，事情相繼而來……

我走出外面，把手掌貼在小穆佐城堡牆上，拍打如一隻蒼老巨獸，它一直保護及交托這一切給我。

February 11, 1922, Chateau de Muzot, Switzerland

（in the evening）

Lou, dear Lou, so now:

At this moment, this, Saturday, the eleventh of February, at 6, I am laying aside my pen after the last completed Elegy, the tenth. The one（even then it was destined to become the last）to the beginning already written in Duino:「Someday, emerging at last from this terrifying vision/may I burst into jubilant praise to assenting angels…」As much as there was of it I read to you, but only just the first twelve lines have remained, all the rest is new and: yes, very, very, very glorious!—Think! I have been allowed to survive up to this. Through everything.Miracle.Grace.—All in a few days. It was a hurricane, as at Duino that time: all that was fiber, fabric in me, framework, cracked and bent. Eating was not to be thought of.

And imagine, one further thing, just before, in a different context, （that of the 「Sonnets to Orpheus", twenty-five sonnets written all at once, suddenly, in the squalls that announced the storm, as a memorial for Vera Knoop）I wrote, made, the horse, you remember, the free happy white horse with the hobble on its foreleg who once, at approach of evening, came galloping over toward us on a Volga meadow—: how I made him as an 「ex voto」for Orpheus!—What is time?—When is Now? Across so many years he bounded, with his utter happiness, into my wide-open feeling.

And in the same way one thing followed upon another……

I went outside and put my hand on the little Muzot that had guarded and finally entrusted all this to me, I touched its wall and stroked it like a big old animal.

（譯者按：這數段的英譯信件大部分取自《里爾克與莎樂美：信札裡愛的故事》*Rilke and Andreas-Salome: A Love Story in Letters*, tr. Edward Snow and Michael Winkler, Norton paperback, 2008, pp.331-332.）

說到里爾克與穆佐城堡的創作，必會想到英國現代詩人奧登（W. H. Auden）的《戰地行紀》（*Journey to a War*）書內「戰

地十四行」第 19 首，卞之琳抗戰時在中國晤及奧登及衣修伍德（Christopher Isherwood）倆人，並曾把這首詩翻譯成中文（卞當年譯文有些地方與奧詩並不貼切，因奧登本人喜改寫數易其詩，此處本詩為其最後定稿）：

當所有用以報告消息的工具
一齊證實了我們的敵人的勝利；
我們的棱堡被突破，軍隊在退却，
「暴行」風靡像一種新的疫癘，

「邪惡」是一個妖精，到處受歡迎；
當我們悔不該生於此世的時分：
且記起一切似已被遺棄的孤靈。
今夜在中國，讓我來追念一個人，

他經過十年的沉默，工作而等待
直到在穆佐顯示出了全部魄力
一舉而讓什麼都有了交待：

於是帶了「完成者」所懷的感激
他在冬天的夜裡走出去撫摸
那個小古堡，像一個龐然大物。

Sonnet XIX

When all our apparatus of report
Confirms the triumph of our enemies,
Our frontier crossed, our forces in retreat,
Violence pandemic like a new disease,

And Wrong a charmer everywhere invited,
When Generosity gets nothing done,
Let us remember those who looked deserted:
To-night in China let me think of one

Who for ten years of drought and silence waited,
Until in Muzot all his being spoke,
And everything was given once for all.

Awed, grateful, tired, content to die, completed,
He went out in the winter night to stroke
That tower as one pets an animal.

公元 2020 世界冠狀肺炎（COVID-19）猖獗全球，其疫症
亦從一般社區流感改為全球疫癘（pandemic）。奧登來到武漢
看到戰爭的殘酷，軍民的死傷，軍事節節敗退帶來種種無情現
實，「『暴行』風靡像一種新的疫癘」。讓在二次世界大戰的
詩人在中國，想起歐洲那些遺世的孤靈，一次大戰的里爾克，
10 年封閉，10 年沉默的一個優秀孤絕詩人：

今夜在中國，讓我來追念一個人
他經過十年的沉默，工作而等待
直到在穆佐顯示出了全部魄力
一舉而讓什麼都有了交待：

於是帶了「完成者」所懷的感激
他在冬天的夜裡走出去撫摸
那個小古堡，像一個龐然大物。

這就是在穆佐的里爾克啊！像他寫給莎樂美的信裡說，那夜完成哀歌與十四行集後，「我走出外面，把手掌貼在小穆佐城堡牆上，拍打如一隻蒼老巨獸，它一直保護及交托這一切給我。」

里爾克寫有十四行集，中國詩人、德國文學學者馮至也寫有《十四行集》，里爾克對他的影響是明顯的，馮至與卞之琳為同代人，1943 年馮至用了上面卞譯奧詩的一句「工作而等待」為題寫了一篇有關里爾克與奧登的文章，內說：

「奧登在武漢的任何一個旅館裡的燈光下會『想起一個人』，這個『想起』使我感到意外地親切。第一因為我是中國人，中國的命運我們無時無刻不在分擔着；第二因為他所想起的那個人正是我 10 年來隨時都要打開來讀的一個詩人，里爾克。我從這人的作品中得到過不少的啟發，他並且指示給我不少生活上應取的態度。現在來了一個第三國的詩人，他居然把

中國的命運和里爾克融會在一首美好的十四行裡，這能說只是詩人的奇異的聯想嗎，也許裡邊不是沒有一些夙緣……

「在戰後，他懷着那個『從事於真實地改變和革新的意志』，經過長久的彷徨和尋索，最後在瑞士穆佐地方的一座古宮裡，在 1922 年，一舉而完成那停頓了 10 年的巨著，《杜伊諾哀歌》，同時還一氣呵成寫了一部《十四行致厄爾菲斯》，10 年的沉默和痛苦在這時都得到昇華，一切『都有了個交代』。這兩部詩集成為 20 世紀——至少是前半世紀——文藝界的奇跡，顯示着一種新的詩風。如今，里爾克早已死去了，他的詩、他的信札，却不知教育了多少青年，而他的名聲也一天比一天擴大，由歐洲的大陸而英國，由英而美，一直波及我們東方，甚至奧登在武漢的中心，有一天夜裡會想到他。」

第 *21* 首

大地春回，土地已像
一個記誦無數詩歌
小女孩經過艱辛
漫長學習，現在贏取她的獎金。

她老師嚴謹，我們都喜歡
那花白鬍子粗濃眉毛老頭。
現在不管我們詢問
什麼青紅皂白，她都知道，知道。

大地狂喜能出外渡假
和小孩一起玩耍，我們一直要趕上
喜氣洋洋大地，誰最快樂誰就贏了。

老師教導她無數事物
那些隱藏交纏枝幹
深藏不露根鬚，她都歌頌，歌頌。

☆ 評析

在十四行集上卷，這是惟一充滿陽光、健康寫實的一首。里爾克曾稱它為「春天兒童之歌」（德文：Fruhlings-Kind-er-Lied，英文：Spring-Children's-Song），詩人心情頗好，特別在十四行集附了一小段文字，指出這首詩在十四行內是「最明朗春日的聲音」（brightest spring-sound），在詩中把兒童歌唱舞蹈的旋律，聯想到在西班牙一個小寺院教堂內，望早晨彌撒時聽到鈴鼓和三角鐵敲打的音樂。

寒冬雪封大地，一旦大地春回，春暖花開，土地就像：

一個記誦無數詩歌
小女孩經過艱辛
漫長學習，現在贏取她的獎金。

花白鬍子粗濃眉毛的嚴謹老師就是寒冬霜雪，挑戰大地對萬物的認知，一旦霜雪溶解，詢問這活潑小女孩，她什麼都知道。晴朗春天，大人小孩都不甘落後，尋找歡樂，誰最快樂誰就是大贏家。

但是深一層的快樂還是要認識到快樂的根源，包括：

那些隱藏交纏枝幹
深藏不露根鬚

都要藉著在土地上面的顯現去歌頌，歌頌。

第 *22* 首

我們精力旺盛
但在時間步伐
有如夢幻泡影
於永恆不變裡。

所有這些匆匆
很快便成過去
只有那些倖存
能告知我們真相。

年輕人！不要去浪費
你們精力去競爭
或是飛得更高。

一切已靜寂：
晨光與黑暗
書與花。

☆ 評析

　　一個對生命哲理有所詮釋的詩人，一定對生命的何去何從有所質疑及追尋，西方自中世紀猶太基督文明開始有了造物主（Creator）後，上帝創造天地萬物，強調「終極已知」（the ultimate Known），人類在世間許多的未知（unknown）裡，找尋最大之知，最終仍然可知，這才是人生真諦。許多希臘神話的英雄探求（heroic quests），譬如傑森尋找金羊毛（Jason and the quest of the Golden Fleece），生命就像一段追求的旅程（journey），無論成功或失敗，都可作為人生典範，尋找探討是未知，最終的已知在等待。

　　但是東方傳統自春秋戰國開始對生命或宇宙的認知，卻是「終極的未知」（the ultimate Unknown），現在所謂的知，只是未知的一部分，現在已知，將來仍然未知，就像夫子曰「不知生，焉知死」（奧菲厄斯剛剛相反，知生也知死）。至於知多少，未知多少，莊子在〈齊物論〉說得好，「大知閒閒，小知間間；大言炎炎，小言詹詹」（才智超群的人廣博豁達，只有點小聰明的人則樂於細察、斤斤計較）。論〈逍遙遊〉一章更說得好，有人以為已知夠多，就像鯤化為鳥「其名為鵬，鵬之背，不知其幾千里也。怒而飛，其翼若垂天之雲。是鳥也，海運則將徙于南冥」（鯤變化為大鳥，牠的名字叫鵬。鵬背大到不知有幾千里，當振翅飛起時，翅膀像天邊的雲。這隻鳥，當海波動起風時，就飛到南海）。但是「蜩與學鳩笑之曰：我決起而飛，搶榆枋，時則不至而控于地而已矣，奚以之九萬里

而南為？」（蟬和斑鳩笑著說：我決定展翅起飛，碰到榆、枋樹時就停在上邊，有時力氣不夠，飛不到樹上就降落地面上，又何必要高飛九萬里向遙遠南海飛去。）由此可知，相差何止九萬里？

里爾克沒有讀過老莊，但他會說：

年輕人！不要去浪費
你們精力去競爭
或是飛得更高。

他似乎更知道未知龐大無比，以及不相爭的道理，就像《道德經》22 章說的「夫唯不爭，故天下莫能與之爭」。莊子雜篇〈則陽〉裡，蝸角之爭說得更精彩，魏惠王為人狂妄，馬陵之戰慘敗於齊威王，損兵十萬。其後四年，與齊威王簽訂和約，重結友好，互不侵犯。不久，齊國違約，損害魏國。惠王怒，要派刺客去暗殺齊威王。魏國文武官及賢臣都覺得暗殺不光彩，丞相惠施找到民間賢士戴晉人，機智詼諧，引他拜見魏惠王。

下面是白話注解：

戴晉人問：「王見過蝸牛嗎？」
魏惠王說：「見過。」
戴說：「有兩國在蝸牛雙角，一占領左角，建立觸國，另一占領右角，建立蠻國。兩國常爭奪領土，爆發大戰，伏屍數

萬。敗方逃北，勝方追擊十五天，然後凱旋。」

王說：「噫！虛構的吧？」

戴說：「不。請聽我落實，在你看來，宇宙空間有極限嗎？」

王說：「沒有極限。」

戴說：「你既知道心無窮盡，暢遊沒有極限空間，然後返回地面看九州列國，同那無限宇宙比較，似有似無嗎？」

王說：「那是當然。」

戴說：「九州列國之間有個小小魏國，魏國有個更小的大梁城，大梁城內有個王。你這王同蠻國的王比較，有很大的差別嗎？」

王說，「差不多。」

戴晉人不再說，鞠躬退下。魏惠王獨坐發呆，悵然若失。

我們再看十四行最後一段：

一切已靜寂：
晨光與黑暗
書與花。

一切已靜寂，在里爾克和老子相同的虛靜裡，有似老子16章「致虛極，守靜篤。萬物並作，吾以觀復。夫物芸芸，各復歸其根。歸根曰靜，是謂復命。」惟有致虛，守靜在一切靜寂裡，我們才看到萬物往復的道理，晨光過後黑暗來臨，黑暗逝去晨光復返。花開花謝，眾物芸芸，重新孕育的本性常在。

那未知的書，一直都在，等著人去掀開閱讀。

第 *23* 首

噢！直到那時才起飛
不是為飛而飛
不止自給自足
升越進入靜寂藍天——

一項成功發明
這光亮曲線
成為風的寵物
苗條、自信、迴旋。

只有純正探討
才能擴大科技
超越童稚傲慢。

它會衝向終點
縮短距離
從心所欲飛翔。

☆評析

里爾克首次肯定現代科技的成就，飛機有目的飛行從此到彼處，是人類智慧成功標誌，不是為飛而飛，不是倚靠有限資源自給自足，而是一項成就發明，御風而行，成為風的寵物。

值得注意的是那句「超越童稚傲慢」，應該是指希臘神話伊卡洛斯（Icarus）飛翔空中墜死的故事。伊卡洛斯是神話代達羅斯（Daedalus）的兒子，使用蠟造的翅翼逃離克里特島（Crete）時，因飛得太高，雙翼遭太陽溶化跌落水中喪生。這個著名故事曾為荷蘭名畫家大彼亞塔·勃魯蓋爾（Pieter Bruegel the Elder，1525-1569）繪成油畫「伊卡洛斯的墜落」（Landscape with the Fall of Icarus）。

英國名詩人奧登（W. H. Auden）於 1938 年寄居比利時的時候，亦有名詩〈美術館〉（Musée des Beaux Arts. French for Museum of Fine Arts），余光中先生曾有中譯如下：

美術館
W. H. 奧登／作

說到苦難，他們從未看錯，
古代那些大師：他們深切體認
苦難在人世的地位；當苦難降臨，
別人總是在進食或開窗或僅僅默然走過；
當長者正虔誠地、熱烈地等，

等奇蹟降臨，總有孩子們
不特別期待它發生，正巧
在林邊的池塘上溜冰：
大師們從不忘記
即使可怖的殉道也必須在一隅
獨自進行，在雜亂的一隅
一任狗照常過狗的日子，酷吏的馬匹
向一棵樹幹摩擦無辜的後臀。

例如布魯果的《伊卡瑞斯》，眾人
都悠然不顧那劫難，那農夫可能
聽見了水波濺灑，呼救無望，
但是不當它是慘重的犧牲；陽光燦照，
不會不照見白淨的雙腿沒入碧湛
的海波；那豪華優雅的海舟必然看見
一幕奇景，一童子自天而降，
卻有路要趕，仍安詳地向前航行。

Musee des Beaux Arts
W. H. Auden

About suffering they were never wrong,
The Old Masters; how well, they understood
Its human position; how it takes place
While someone else is eating or opening a window or just

walking dully along;

   How, when the aged are reverently, passionately waiting

   For the miraculous birth, there always must be

   Children who did not specially want it to happen, skating

   On a pond at the edge of the wood:

   They never forgot

   That even the dreadful martyrdom must run its course

   Anyhow in a corner, some untidy spot

   Where the dogs go on with their doggy life and the torturer's

horse

   Scratches its innocent behind on a tree.

   In Breughel's Icarus, for instance: how everything turns away

   Quite leisurely from the disaster; the ploughman may

   Have heard the splash, the forsaken cry,

   But for him it was not an important failure; the sun shone

   As it had to on the white legs disappearing into the green

   Water, and the expensive delicate ship that must have seen

   Something amazing, a boy falling out of the sky,

   Had somewhere to get to and sailed calmly on.

第 *24* 首

我們是否要放棄遠古盟友——
那些偉大而無所謂的眾神
對我等打造的鋼鐵一無所知
從此需要在地圖才找到他們？

這些強者把逝者挪走
避免干擾我們任何行動
我們在遠處宴會，沐浴
超越緩慢的信使。

我們現在更孤獨，互不相識
但彼此倚賴，再不走
曲折迂迴的路。

我們把路變得畢直，現在遠古火燄
僅燃燒在蒸汽鍋裡，鐵錘舉得更高
更有力，雖然乏力時，像游泳者。

☆ 評析

　　科技與理性主義日漸統御文明，人類和過往的神話依賴及神明信仰越行越遠，「遠古火焰／僅燃燒在蒸汽鍋裡」，眾神退位，奧林匹克山僅在神話地圖找到。取代死亡的強者是誰？是科技文明，把死亡帶往不可知的疏遠，人間沒有天上，也沒有地下，我們在陌生疏離的社會，互不相識，但也彼此倚靠，成為速度的一員，講求效率，不走曲折迂迴路，兩點之間以直線為最短。我們用力敲打，但也有力氣用盡之時，就像在水中的泳者，奮力前進。

第 *25* 首

但我現找尋的是妳，妳啊，我曾認識
像一朵無名之花，為他們
我將再次憶取妳如何夭折
一個不屈不撓的美麗遊伴。

首先是舞者，然後忽然停頓，身體
充滿猶豫，青春被鑄成金屬
緊張而悲傷，然後一段音樂
從最高處降落在已變的心。

病痛臨身，陰影重重占領
血液脈沖轉暗；有時模稜兩可
一下又轉入春天脈動。

一次又一次中斷在黑暗與絆跌
在塵世發光閃亮，直到一次可怕重擊
她才進入那道無法慰藉的大門。

☆ 評析

一首非常明顯追悼少女舞者維拉的詩。

在尚未開始撰寫十四行集時，里爾克曾去信給維拉的母親，訴說這少女獨一無二的氣質與親和力，談及她的舞技時，他說，「在現存與持久世界這樣的結合，對生命的執著，那麼歡喜，充滿熱情，那麼毫無疑問屬於此時此刻，呀！只屬此時此刻麼？不！是全部無時無刻，比此時此刻還長久！噢，看她如此熱愛，如此以心的觸角超越這裡所有能觸及與了解的……」

With this unity of the existent and abiding world, this affirmation towards life, this joyful, this emotional, this utterly competent belonging to the here and now, ah, only to the here and now?! No, to the whole, to much more than the here and now. Oh, how, how she loved, how she reached with the antennae of her heart beyond all that is here tangible and comprehensible...

她是一朵「無名之花」，千變萬化，「美麗遊伴」，親切可人。然後舞者身體僵硬，如被鑄成生硬的金屬，病痛臨身，病情輾轉反側，一直到了致命一擊，她才進入「無可慰藉」（德文：trostlos）死亡的大門。

第 *26* 首

而你，神聖的詩人，一直歌唱到最後
那些遭蔑棄的酒女一湧而來，尖叫襲擊
你的和諧淹沒她們嘈音，從那
純粹毀滅，升起建設的歌聲。

她們不能毀掉你的頭顱或豎琴
但她們扭打，怒氣衝天，每人手中擲出
銳利石頭充滿恨意，落在你心變得柔軟
甚至聆聽入神。

最後她們殺你，碎屍萬段
你的歌聲縈繞雄獅與嚴岩
林木和鳥群，那兒你仍在歌唱。

遺失的神啊！永遠追蹤你
因被撕裂撒落在原野四周
我們才能成為聆聽者及大自然喉舌。

☆ 評析

奧菲厄斯帶妻還陽途中，在最後時刻忍不住回頭看了一眼，結果再次失去愛妻，悲痛欲絕的他從此完全沉迷音樂及對妻子的悼念，最後死在酒神狂女（Maenads）之手，是因他對她們的追求漠然置之，讓她們受到了羞辱，把他撕成碎片，僅剩頭顱與七弦琴，被丟入希柏魯斯河（Hebrus），一直流到里斯柏島（Lesbos）。據說奧菲厄斯的頭顱在河中漂流時，仍低聲唱著哀傷的歌，並說著預言。七弦琴始終在旁伴奏，訴說思念與哀愁。

這是《給奧菲厄斯十四行》上卷最後一首（第 26 首），相信里爾克故意安排呼應這部分的第一首，每當詩人我獨行吟，彈琴歌唱，「純粹的超越」像升起的大樹在萬物耳際，為之震動，飛禽走獸、花草樹木、仙女神祇同聲歌唱，那是活著的奧菲厄斯。而面臨被酒女惡毒的迫害毀滅時，他的「和諧淹沒她們嘈音從那／純粹毀滅，升起建設的歌聲」，可見死亡的奧菲厄斯依然在建設另一種新的秩序，使天地萬物更加柔和，連投向他尖銳的石頭也會變軟，雄獅與巖岩，林木和鳥群都在聆聽。

藉著他的死亡，來往於陰陽兩界，生死原是一體，死亡不是生命的完結，而是生命的延伸。

給奧菲厄斯十四行・下卷

第1首

氣息，隱形的詩！
讓我的元素與宇宙空間互換
產生平衡力，在韻律中
找到位置。

一瓣輕浪的我
逐漸成為大海
我是所有海洋最稀疏——
不斷增長的空間。

而在這些空間領域
我究竟儲藏多少？風吹來
像我的孩子。

認得我嗎？虛空之氣，我曾
一度被充盈，你，光滑樹皮
渾圓，我文字的樹葉。

☆ 評析

詩人重覆第一部第三首最後一段提到的「氣息」：

忘掉動情的歌，那是過眼雲煙
真正的歌是另一種氣息
似有實無，像神祇心血潮湧，一陣風過。

呼應著詩的奧義——在乎於似有若無的韻律節奏，像海洋一片輕浪起伏又起伏，速與緩，靜與動，響與寂，音成節，節成句，句成段，段成詩。氣息是我，是一首隱形的詩，隨著呼吸節奏而成形，由浪而成海：

一瓣輕浪的我
逐漸成為大海
我是所有海洋最稀疏——
不斷增長的空間。

等到風吹浪起，浪花紛紛成為我的孩子，不斷繁殖成浪，成文字，像奧菲之歌，樹木紛紛起舞，樹身圓滑，片片樹葉，都是詩的文字。

第 2 首

有時就像大師神來之筆
找到最近最快書寫箋紙
經常同一情況，一面鏡子
反映出一個聖潔巧笑倩兮

少女早晨妝扮的娟秀臉孔
或是坐著，被燭光照亮取悅
她的臉龐，比活生生還逼真
稍後流淌似真還幻的反照。

我們究竟凝視壁爐緩慢
熄滅的炭火能看到什麼？
看著生命願景無法挽回

誰又知道這世界損失了什麼？
誰能如此傾心歌唱，如此歌頌
全部一切？

☆ 評析

　　借著一面鏡子立竿見影功能，有如大師神思在握，手起筆落，映照出人生青春美麗、儀容俊秀的容顏。少女早晨妝扮，晚間就寢，鏡子或燭光，均能取悅她的臉龐，「比活生生還逼真」。但是容顏老去的我們，坐在壁爐前看著緩慢熄滅的炭火，又會看到什麼？想到什麼？無法挽回的生命願景嗎？悲哀於這世界的人，毫不關心、無關痛癢、無情無義嗎？

　　似乎全部希望只能寄望在一個人，他能關心世間「全部一切」，而且最可貴是，他能全心全意「傾心」去歌唱，歌頌。

第 *3* 首

鏡子，無人知道怎樣
去描述你的內在深處
滿是穿孔篩子，空空如也
中間是無底時間的空間。

你經常飄泊在虛空大廳
當暮色抵達，如深沉林木……
燭台像十六角麋鹿，飄忽漫遊
穿越你無法捉摸的孤寂。

有時看似滿是畫像
有些被你接納，另一些
水過無痕毅然引退，當然

最可愛的定會留下
直到她的雙頰轉往遠處
直到納西瑟斯解禁闖入。

☆ 評析

　　鏡如心境，深不可測，像一柄空洞篩子，時間不斷從小孔流出，那是永遠留不住時間的空間。

　　幻影如鏡，似真仍幻，像豪華大廳內十六鹿角的燭台分別燭影搖曳，有如飄泊心情，無法穿越不可捉摸的孤寂。十六鹿角指馬鹿（stag）叉角，又名八叉鹿，雄鹿一對角各自有八個分叉，加起來共十六隻鹿角，古代貴族宴客大廳把鹿角懸高，分放蠟燭，當作燭台（chandelier）。

　　少女攬鏡自照，日以繼夜，鏡裡有時看似滿是畫像，應接不暇，一些美麗動人的當然被鏡子接納，但另有一些不滿鏡子的反映，很快便報然引退。

　　當然最可愛的臉一定會留在鏡子，直到納西瑟斯（Narcissus）解除魔咒，不再留戀自己水中的倒影，闖入少女心中。

　　希臘神話裡，美少年納西瑟斯自負美貌吸引無數女子，卻又不屑一顧，眾神煩厭，讓他臨水顧影自戀，不可自拔，憔悴而死，變成一朵水仙花。

第4首

這隻野獸從未存在
從未有人見過，但一樣被寵愛
牠的舉止、姿態、頸脖，還有
寧靜凝望的光輝，全部被寵愛。

真的，牠從未存在，因他們愛寵
成為一隻獨特的獸。他們給牠空間
在那裡，清新自由，隨時
仰首，儘管很少需要如此。

他們飼養不用穀粒
僅用觀想讓牠存在就夠了
這樣存在賜給獸巨大能量。

一隻角從前額長出
全身雪白，向一個處女靠近
出現在她的銀鏡，然後她的裡面。

☆ 評析

　　獨角獸是西方傳說的瑞獸，有似東方**麒麟**，但從未為人所見。此獸體似羊馬，全身雪白，有長旋獨角在額上，單純善良，常被處女所吸引倚靠身旁，反諷的是，處女亦常因此獸而聯想失去童貞。里爾克最後一段描述此獸出現在少女手持銀鏡裡面，乃取自十五世紀織錦畫（tapestry）《仕女與獨角獸》（La Dame à la Licorne, circa 1500）現藏巴黎克魯尼美術館（Musée de Cluny）一組六幅織錦裡面的其中一幅。在 1923 年 6 月 1 日寫給絲素伯爵夫人（Countess Sizzo）的一封信函裡，里爾克強調並無任何基督意象在這詩內，「只有對世俗人從來不曾存在過的獨角獸，卻因出現在少女手持的銀鏡內而存在」（...though it is nonexistent for the profane, it comes into being as soon as it appears in the "mirror"）。隨即亦提及這幅手持銀鏡仕女的十五世紀織錦，她手持鏡子，不去映照自己，而是讓獸進入她（的鏡子）裡面，強烈顯示一種性的吸引，隱祕充滿想像空間。

　　馮至先生亦曾譯有此詩，現附於下參考比較：

這是那個獸，它不曾有過，
他們不知道它，卻總是愛——
愛它的行動，它的姿態，它的長脖，
直到那寂靜的目光的光彩。

它誠然不存在。卻因為愛它，就成為

一個純淨的獸。他們把空間永遠拋棄掉。
可是在那透明，節省下來的空間內
它輕輕地抬起頭，它幾乎不需要

存在。他們飼養它不用穀粒，
只永遠用它存在的可能。
這可能給這獸如此大的強力，

致使它有一只角生在它的額頂。
它全身潔白向一個少女走來──
照映在銀鏡裡和她的胸懷。

第5首

田野清晨銀蓮花
張開瓣瓣花的肌膚
直到天空響亮光線
傾落在她腰腿

無限感受的肌腱
一直伸展入花心
不知所措盡情綻放；
日落休憩的信號

僅能讓妳在黑暗裡重捲
過分伸張的花瓣，妳啊！
如此多元世界的動力！

我們這些激動者可能活久一點
但什麼時候，在我們生命裡
才能如此開放吸納？

☆ 評析

　　里爾克善用花喻，玫瑰為其一，銀蓮花為其二，此花源自希臘神話，一個少女被花神嫉妒變成一朵銀蓮花（Anemone），和風神永不能相愛，那是一朵淒涼寂寞的花，也是一朵飽含憧憬與希望的花，雖彼此不能共諧連理，但卻常在人間婚禮採用為得成正果的祝福。

　　銀蓮花在里爾克眼中，就像他永恆的戀人露·莎樂美，像一朵早晨田野盛開的銀蓮花，「張開瓣瓣花的肌膚」，因此這也是一首情色（erotic）的詩，以花的肌膚、肌腱暗示情人的陽剛與溫柔。那是一朵無視於時光盡情張開盛放的銀蓮花，從早到晚，因為開得太「猖狂」了，到了黃昏夜幕低垂，群花斂容收縮，它仍努力在「重捲／過分伸張的花瓣」。

　　里爾克長期與莎樂美的書信往來，曾在信札自比作銀蓮花，但我們必須把這花的上下文本（context）推前向里爾克另一首長詩〈轉折〉（Turning）與莎樂美的討論。1914 年 6 月 20 日里爾克自巴黎寄出這首長詩給在德國哥廷根市（Gottingen）的莎樂美，內說：「我本能呼之為〈轉折〉，知道假如我存活，它代表著一定來臨的轉折，而妳將會明白它的意思。」（...since I instinctively called it "Turning," knowing that it represents that turning which surely must come if I am to live, and you will understand its meaning.）

　　這首十段 54 行的長詩不止是一首詩，而是里爾克對目前為止詩作作出的自我批判，也是一篇想如何改變詩歌願景的宣

言。他努力讓生命與藝術結合，一直培養觀察、凝視、留神外在世界的感知。他畢生對藝術喜愛，反映出個人對世界的哲觀，從小就喜歡視覺藝術，後來在布拉格、慕尼黑的大學研讀歷史及藝術，更遊歷義大利藝術之都佛羅倫斯，博覽群家。後在德國與藝術家群交往，娶雕塑家韋絲荷芙（Clara Westhoff）為妻，學習藝術理論與觀賞技巧。在巴黎更曾替羅丹（Auguste Rodin）工作，寫了一本關於羅丹的書。

由此可見，無論是詩或藝術，他已養成從技巧接觸，認為詩是一種不斷修飾（polished）的技藝（craft）。所以在〈轉折〉一詩的前半部，他極力表揚自己詩風強勁的觀察表現（observing，德文：anschauen），有如奧菲厄斯歌唱，能呼使宇宙萬物，群獸樹木均隨他意向奔走移動，地方塔樓也為之戰慄、天上群星拜倒在他腳下。

但是隨即詩下半部的第六段開始，在一個旅店房間，他渴望著愛，被憂鬱煎熬，「宣言」轉變成「懺悔」，懷疑自己一向主觀的「向外觀察」（gazing outward），已把他「蠶食一空」（eaten him empty），與外在世界並無真正關聯。因此他必須放棄以前那種純理性、缺乏人性、冷酷無情的觀想，重新去追求發自內心「全心全意努力臻達的內在強度」（a devoted effort to achieve inner intensity）。他必須在新的旅程尋找到「愛」（love），用心去愛（do heart-work），一切要從心看，不是用眼睛去看，這就是他以後人生與詩的轉折。詩結尾道出一個所謂的靈性男人（inner man），必須看到他的靈性女人（your inner woman）千種風情，才能找到愛：

靈性男人啊，去學習怎樣觀看你的靈性女人吧！
那來自上天的千種風情
目前僅有其神
未有其千嬌百媚的形。

Learn, inner man, to look at your inner woman,
the one attained from a thousand
natures, the merely attained but
not yet beloved form.

這首詩 6 月 20 日寄給莎樂美後，倆人書信在 24、26、27
日反覆討論，里爾克 26 日的回信裡，有一段提到銀蓮花：

我就像一朵曾在羅馬花園看到的小銀蓮花，白天綻放得太
燦爛，到了夜晚無法關閉，真的太可怕了，在黑暗草坪看到它
完全張開，仍從花萼吸取，看來就像猛然張開在完全無法抵擋，
傾瀉而下毫不減弱的夜晚。它周圍那些小心翼翼姊妹們，各自
去關閉自己小量富足。我也一樣，拚命轉向外面，因而被萬物
分神，什麼也不拒絕。我的感官從不徵求我同意，就依附在任
何闖入。那兒有聲音，我就投奔成為那聲音，世間一切一旦成
為刺激，我就心甘情願被干擾無完沒了。

...I am like the little anemone I once saw in the garden in
Rome; it had opened so wide during the day that it could no lon-

ger close at night. It was terrible to see it in the dark lawn, wide
open, still taking in through its calyx, which seemed as if franti-
cally flung open beneath an all-overpowering night that streamed
down on it undiminished. And next to it all the prudent sisters,
each of them closed around its own small measure of abundance. I,
too, am as hopelessly turned outward, thus also distracted by ev-
erything, refusing nothing; my senses, without asking me, attach
themselves to anything intrusive, wherever there's a noise I give
myself up to it and am that noise, and since everything, once it
has been set for stimuli, wants to be set off by stimuli, so at heart
I want to be disturbed and am so without end.

（譯者按：這段英譯信件取自《里爾克與莎樂美：信札裡愛的故事》，
Edward Snow and Michael Winkler, tr. *Rilke and Andreas-Salome: A Love
Story in Letters*, Norton paperback, 2008, p.248）

第6首

玫瑰，一圈單薄花萼如冠冕
古代君王般尊貴，但對我們
仍是一朵盛放之花
無窮無盡，精力旺盛。

光輝四射豪華照亮
裸體如層層羅衣；
但花瓣立刻拒絕
羅衣加身的決定。

數世紀香氣給我們
博取無數甜蜜名稱
轉眼就已流芳百世。

我們仍不知怎樣稱呼猜想……
一切歸諸記憶探索
探詢那些喚起時光。

☆評析

里爾克「一圈單薄花萼」的玫瑰讓人想起歌德（Goethe）名詩〈野玫瑰〉（The Wild Rose），還有舒伯特（Schubert）把歌德這首簡單的野玫瑰詩譜成名曲的故事。據里爾克自稱，「玫瑰在古代是一種單層花瓣的薔薇（eglantine），火燄般鮮紅或鵝黃，就在這兒瑞士瓦萊州的許多花園綻放。」（The rose of antiquity was a simple eglantine, red and yellow, in the colors that occur in flame. It blooms here, in the Valais, in certain gardens.）

詩的精髓，在乎單刀直入，取心肝劊子手（嚴羽《滄浪詩話》），簡單勝繁複，不必被華麗詞藻所左右，看重修飾，花拳繡腿，偏離題旨，喧賓奪主。所以野玫瑰簡單的花萼，對詩人而言，有如一頂帝皇冠冕般尊貴。一朵盛開的花，精力充沛，陽光照在單層花瓣，有如裸裎的花朵，射出千縷金色羅衣，豪華光亮。

但是世俗眼光卻漠視這種天然單純，不斷加以改良品種，成為複瓣繁複的變種玫瑰，拒絕了「羅衣加身的決定」。

天生麗質的玫瑰香氣流芳百世，歌頌在各種文學藝術傳流，「博取無數甜蜜名稱」，時至今日，大家還是不知道怎樣去稱呼臆想它，只能藉著記憶探索，回歸歷史的時代。

第 7 首

鮮花！自親屬手中被整理
（那些古今少女纖纖玉手）
躺在花園長桌，這邊到那邊
軟弱無力，輕微創傷。

從剛剛的死去——
等待水再次讓妳活過來
敏感手指輕快流動
美妙讓人出乎意料

把妳重新豎起，輕輕在
水瓶展開回復本色
慢慢平靜下來，呼出少女

溫暖氣息，像在冗長告解裡
懺悔被摘下時厭煩罪惡，但仍
感到她們開花綻放，親如姊妹。

☆ 評析

　　描述花瓶內一束鮮花，從自古至今少女的纖手採摘下來，花朵被摘（軟弱無力）與少女失去童貞（輕微創傷）享有同一命運，所以花和少女有「親屬」（kinship）關係。經過生命活水滋潤，輕快插花手藝安排，花朵在水瓶回復本色，安靜下來呼出少女溫暖氣息，像她們在教堂冗長告解裡懺悔被摘的罪惡。

　　但少女與鮮花同享親切關係，歡喜彼此花開成熟的怒放。

第 8 首
——悼念艾岡 · 封 · 里爾克（Egon von Rilke）

童年伴侶稀少，多年前
散開在城市各處的公園：
我們怎樣碰在一起謹慎長大
像圖畫裡一隻會說話的羔羊。

我們沉默交流，那時快樂
誰也不占有，它就在那兒
然後消逝在成年行人裡
消失在長年累月的恐懼。

汽車駛過我們，轉眼無蹤
房子包圍我們，大而無當，無一
曾認識我們，那什麼才是真？

什麼也不是，只有這些皮球，美妙弧形
其他小孩都無法——只偶爾有一個踏入
那垂直落下的球，但他已消失了啊！

☆ 評析

這首詩追憶童年時光和遊伴，艾岡·封·里爾克是里爾克大兩歲的堂兄，早夭。他們一起看童話圖書，曾經有一本中世紀繪本，圖內羔羊的說話卻繪在另一卷軸，所以繪本的羊好像在說話，但讀者看圖卻不知在它說什麼，要翻卷軸才知道。他倆一起「謹慎長大」，沉默說著話，不多話，童年快樂無可取代，誰也無法占有，一直到他們長大溶解在成人堆裡，懂得害怕，快樂遂消失在長年的恐懼。

里爾克曾於 1924 年寫信給他母親追述：

我經常想到他不斷追憶回他的形象，一直非筆墨所能形容生動在腦海。大部分的「童年」，小孩的悲哀與無助，具體在他的身軀、圓領套頭上衣、穿著在細小頸脖，下巴，美麗的棕色斜視鬥雞眼，所以我在十四行詩第八首把他召喚出來，表達人生的短暫無常⋯⋯

I often think of him and return again and again to his image, which has remained indescribably moving for me. Much of "childhood", the sadness and helplessness of being a child, is embodied in his figure, in the ruff he wore, in the little neck, the chin, the beautiful brown eyes with their squint. So I evoked him once more in connection with the 8th Sonnet, which expresses transitoriness...

所有物質的汽車房子，都是過眼雲煙，有如陌路，唯一真實不虛，就是存在於記憶的一些人、一些事，譬如艾岡在打籃球，那些皮球隨著美妙弧形落網，其他小孩都無法搶到球，只有他，堂兄艾岡，能踏入籃下搶到那垂直落下的球。

　　可是，可是，他已經不在了啊！

第 *9* 首

法官們，不要誇口已無拷打
也再無鐵鐐箍頸
一切無補於事，誰也不會心動
於你們假心軟、偽慈悲的痙攣。

曾被送上絞刑臺的老日子
現已回來，像孩童長大後
重新拾起被拋棄的玩具。
崇高寬大心胸慈悲為懷的

神衹就不一樣，祂會壯烈前來
光芒照射眾生，法相莊嚴
比那些平穩大船需要的風還強。

也不會小於屈服在我們內心的
優美隱私感情，就像小孩
安靜在玩耍，永恆的配對。

☆ 評析

　　法官並不一定是法庭上的裁判，他代表著一種權力，可以善用，也可以濫用這種權力，刑罰逼供，無所不用其極。里爾克筆下的是偽善的法官，滿口仁義道德，但是：

> 一切無補於事，誰也不會心動
> 於你們假心軟、偽慈悲的痙攣。

　　他們都善於表演假心軟、偽慈悲的表情，尤其是心軟表情，或面部肌肉無法控制的痙攣，但是騙一次可以，騙十次誰也不會相信或心動了。隨著人的成長，過去被送上絞刑臺的舊日時光與倫理，都像長大後曾被拋棄的破爛玩具重新撿拾回來。那是一種從內心出發的「悔改」（metanoia），才是世間人文主義（humanitarianism）的勝利。直到救世主來臨，崇高寬大，心胸慈悲為懷，祂會壯烈前來審判，強大如風助船駛，細小如隱私感情，強大和細小互相匹配，是永恆的配對，安靜平和，像小孩在玩耍。

　　里爾克很自豪於這首十四行，曾在信札中抄給莎樂美看，表示他的滿意。

第 *10* 首

若它存在於人的腦袋而非服從
機器便威脅我們所有成就收穫
器具在工匠手中不再是美麗躊躇
面對已決定建築刻板地切割石塊。

它從不退卻，好讓我們掙脫逃走
工場悄然無聲，為自己自我塗油
認為這就是生命，做什麼都最棒
當機立斷，可以創造或毀滅。

但生命依然迷人，看它在
千山萬水奮然激起，純力度演出
凡人必先欽佩膜拜才能感覺到。

言語輕柔靜止，其意無窮
音樂苟日新日日新，從無到有
石塊震盪聲裡，築起神聖廟堂。

☆ 評析

　　里爾克很早便看出科技日漸發達，進駐人心。本來為人所用，但人卻反為其所驅使。本來藝術創造，在於工匠手藝切磋琢磨，在不斷的躊躇反覆修改下臻達完美，但在機械的介入，這種手藝躊躇變得暗淡。

　　機械從不閒下來或退卻，無聲中它會保養塗油，充滿自信，最可怕就是能當機立斷，創造或毀滅，有似操生殺大權。

　　但是人的創作生命依然迷人，像一首奧菲之歌，千山萬水奮然激起，「言語輕柔靜止／其意無窮／音樂苟日新日日新／從無到有」，在機器割開石塊震盪聲裡，築起了藝術的神聖廟堂。

第 *11* 首

去征服一切人，因你堅持狩獵
許多冷酷法規均繞著死亡而設
我知道你，比陷阱或網罟還清楚
你撕下一幅白帆布，去掛在喀斯特岩溶。

他們輕輕把你垂入岩洞像一個
和平信號，然後抓住布邊搖動
從黑暗洞窟突然飛出幾隻蒼白鴿子
盤旋入陽光……即使如此也是合法。

獵人很快就證明
預先準備好的本分
其他觀望者保持心如鐵石。

殺戮也是自古一種流浪傷痛……
只要心神寧靜，什麼
發生在我們身上都是好的。

☆ 評析

「喀斯特」（Karst）是位在斯洛維尼亞（Slovenia）西南部河谷以南，並延伸到義大利東北角大城鄰近狹長地帶的一片高地，離杜英諾城堡不遠。這裡在中生代形成了分布廣泛厚實的石灰岩層，後稱岩溶。經過長時間的水流侵蝕，形成了可能是世界上最典型的喀斯特地貌之一。

里爾克曾在一封信札記述他觀看獵鴿的經驗：「那時我跟隨著一項遠征前往喀斯特岩洞獵鴿隊伍，靜靜一旁吃著杜松子漿果，獵人們渾然忘記我，全神貫注在那些響亮拍翅自洞穴飛出的美麗野鴿。」

Meanwhile I went along on a dove-hunting expedition to one of the Karst grottoes, quietly eating juniper berries while the hunters forgot me in their concentration on the beautiful wild doves flying with loud wingbeats out of the caves.

（To Katharina Kippenberg, October 31, 1911）

獵鴿者常在這些溶洞獵鴿，先掛一塊白帆布在洞口，搖動白布，白鴿朝光亮飛出，獵人再一一射殺。詩的前三段都是描述屠殺的合法過程，但是最後一段，顯示出里爾克對人類極受爭議的屠殺看法，「其他觀望者保持心如鐵石」之餘：

殺戮也是自古一種流浪傷痛……
只要心神寧靜，什麼

發生在我們身上都是好的。

英國學者與翻譯里爾克專家李舒曼（J. B. Leishman, 1902-1963）就曾譏諷這種冷血與我無關的旁觀者，實與當年納粹黨無異。但里爾克在信札中，也會提到有點像中國道家「天地不仁，以萬物為芻狗」的天地無仁愛意識，惟萬物自生自滅觀念，認為世間的福與禍、生與死、公平與扭曲、黑暗與光明、戰爭與和平，均在一個「總體上帝」（God of Totality）體系，而不止是個體遭遇或命運所能解釋。

他曾和未謀面而密切通信的維也納女鋼琴家赫婷博（Magda von Hattingberg，里爾克暱稱她為「倒履女士」Benvenuta）說過三個印度僧人的故事：從前有三個印度得道老僧，他們道行高深，洗澡時掛在空中的僧袍，均不會掉下來。有一天他們在洗時看到一隻蒼鷹從水中攫獲一尾魚，第一個僧人說，「可惡的鷹！」他的僧袍就掉落地上。第二個僧人跟著說，「可憐的魚！」他的僧袍也掉落地上。第三個僧人不發一語，看著老鷹消失在遠方，他的僧袍一直掛在空中。

里爾克對赫婷博感嘆說：「但是到了最後，我們又知道什麼？最後可不是一切均越過我們，越過我們內心最無關緊要之處，可不是世界任何在我們身邊事物，即使沒有我們，都有著它們的合法性與執行性？」

「But after all, what do we know,」he concluded with a sigh, 「in the end does not everything reach beyond us, beyond our most inward and most insignificant, does not everything around us in the world have legality and validity even without us?"

第 12 首

必須變形，讓火燄激發
自一物消失另一物爆發
元神再造，統御世間形相
所有我已非我的轉折。

勉強維生已無生氣
究竟在毫不起眼灰色地帶
有多安全？遠處更堅固的提出警告
什麼才是堅固？不在的鐵錘已經高舉！

他感知並確認傾出如清泉
歡欣引領穿過燦爛鄉野
終而復始，始而復終。

倆人經過每一個幸福空間
詫異得像兒孫離開，自從達芬尼
變形後以為是月桂樹，便要你變為風。

☆評析

隨著第 11 首評析內里爾克三個印度僧人的故事，我們應該知道由於詩人對生死變化的看重與追尋，一定在某種程度也曾涉獵及東方哲學宗教，尤其是佛教色空兩存、生死流轉，或是莊子火盡薪傳的道理，符合里爾克的變形概念：

必須變形，讓火燄激發
自一物消失另一物爆發

物不長存，但精神不滅，一物失，一物生，如莊子〈養生主〉內所謂「指窮於為薪，火傳也，不知其盡也。」必須變形，薪盡火傳，里爾克是天主教徒，他的火燄也許另有所指，代表三位一體的聖神（Holy Spirit）。

釋家不講靈魂，講自性不滅，生死流轉，統御著「我」的一切形相，以及「我已非我」的再造，里爾克又再一次提到「轉折」（turning），但已不是基督教義，而是佛教的輪迴轉世了。

所以他一再強調生的無常（inconstancy），生老病死的必然，在老病的灰色地帶勉力求生，究竟能多長久安全？肉身的脆弱，不堪一擊，死亡的鐵錘已經高舉，什麼才是堅固？遁天之刑，惟有變形。

勉強維生已無生氣
究竟在毫不起眼灰色地帶

有多安全？遠處更堅固的提出警告
什麼才是堅固？不在的鐵錘已經高舉。

　　惟有不斷變化，終而復始，始而復終，才能千錘百鍊，變
得更堅固，鐵錘何時落下，卻要看個人明悟，釋家有離「八苦」
的修練，八苦是──生、老、病、死、怨憎會、愛別離、求不得、
五陰熾盛（五陰指色、受、想、行、識，熾熱如火燄）。里爾
克雖沒有說出來，但最後三行，似乎仍在八苦中不得解脫。情
人今生幸福空間的流逝，詫異得像兒孫先後離開，相聚與相別，
不可置信，這就是八苦之中的愛別離苦，親愛的人乖違離散，
不得共處，其苦可知。

　　變形為樹後的達芬尼（Daphne），今生不知前世，忘掉了
前生形相，要求情人變風來相會，也是求不得苦。

第 *13* 首

把所有離別提前像它們
已在你背後如同剛逝的冬天
無數冬季裡漫長無邊無際冬日
惟能堅忍寒冬，心才永恆不死。

讓尤麗迪絲長逝吧——你歌聲中
更歡欣升起天衣無縫生命
在這頹敗地域，歲月穿梭
就做破碎玻璃杯清脆響聲吧。

餘生就知混沌從無到有
內心深處顫動無盡泉源
可以一次去完成。

所有被耗盡的，以及這世界
全部儲存的喑啞無聲，你欣然
把自己加入無量總數，還取消清點。

☆ 評析

　　隨著第 12 首的人生無常與恆變，這首直指必須面對始終將要來臨的死別，像冬天，一種戰慄寒冷，越是害怕越是漫長，所以必須堅忍熟悉：

把所有離別提前像它們
已在你背後如同剛逝的冬天
無數冬季裡漫長無邊無際冬日
惟能堅忍寒冬，心才永恆不死。

　　1922 年 3 月 18 日寫給維拉母親（Gertrud Ouckama Knoop）的一封信裡，里爾克特別提到這首十四行，並強調這首詩是在整個環節裡和他最貼切而最讓人信服的（because, of the entire cycle, it is the one that is closest to me and ultimately the one that is the most valid）。

　　熟悉死亡，像出入冥都的奧菲厄斯，入死出生後，心才永恆不死。還陽的奧菲厄斯仍是人，沒有永遠，那麼就讓尤麗迪絲長逝吧（就像早逝的維拉），她的死亡才是天國的永生，奧菲之歌，才會更歡欣歌頌天衣無縫的延續生命，必須死亡，惟有如此，死亡才是生命後的另一種存在，在日漸頹敗身體中，勇敢去做一隻破碎玻璃杯清脆的響聲吧。

　　關於最後一段的「無量總數，還取消清點」，在 1922 年 3 月 23 日給布蘭特（Rudolf Bodlander）的一封信裡，是指眾生

一旦大限來臨，無論是盈是虧，路已走完，世人紛紛加入死亡無量總數，包括里爾克自己，不能再以世間數字來清點，因為如今剩下的，就是已抵達的存在啊！（Where the infinite wholly enters [whether as minus or plus], the ah so human number drops away, as the road that has been completely traveled, and what remains is the having arrived, the being!）

第 *14* 首

看那些花朵，對土地那麼忠誠
我們自命運邊緣借給它們命運
它們是否悔恨如此的生死凋零？
也許我們才是它們真正的遺憾。

眾物浮動，惟我們被牽扯
作繭自縛，沉重深奧
自以為是，樹立負面榜樣
雖然那些永恆童年充滿優雅。

假若有人帶它們親密入睡
與物共眠──他會多麼輕易
在共渡時光過著另一種日子。

也許他會留下讓它們開花禮讚
新的皈依者與兄弟姊妹合而為一
那些伴侶全都安靜留在田野的風裡。

☆評析

　　里爾克第一次把人和花做一次對立的比較，究竟人強烈的自我意識（self consciousness）和花的無意識（unconsciousness）相比，誰最幸福？萬物自然浮動，生生死死，如來如往，輕如鴻毛，但如果受到人的自我意識干擾，有生有死，有來有往，重如泰山，真是沉重深奧：

> 眾物浮動，惟我們被牽扯
> 作繭自縛，沉重深奧
> 自以為是，樹立負面榜樣

　　人自我意識的喜惡偏執加諸於自然萬物，從我們有限的命運控制邊緣再借出給花朵，成為它們的命運，朝花夕拾，雖然永恆的童年充滿優雅，但有了生死凋零，真是不知該感激還是怨恨？

　　最後兩段說到人，假如能放棄我執，與物合一，共享甜蜜美夢，放下重擔共渡美好時光，成為一個新的皈依者，那麼萬花如錦，歡喜讚頌，如同身邊伴侶在田野的微風裡，沒有人間語言，非常安靜。

第 15 首

噴泉，慷慨常滿的嘴
有恆說出單一的純淨
水流滿臉在大理石
面具上，背景是

下水道慢慢流淌，從遠處
墳墓，阿平寧的山坡地
帶來給你所有音符，從黝黑
蒼老下顎流下

直落躺在下面的承盤
那是親切常打瞌睡的
大理石耳朵，你常訴說

給這隻大地之耳，只有單獨一起
她才會這麼對話，假若有水壺
插入，她便覺得你打斷話題。

☆ 評析

重複著上卷第十首的石棺群（sacrophagi），羅馬人把這些石棺群與水源連接起來，成為下水道（aquaduct），提供用水，里爾克曾有詩〈羅馬石棺〉（Romische Sarkophage）描述「無盡充滿生氣的活水越過古老下水道進入這城市。」

阿平寧山脈（Appenines）是阿爾卑斯山的支脈，由法國東南部延伸而來，縱貫於義大利半島，盛產大理石。里爾克對羅馬大理石噴泉有偏愛，他把噴泉的頭像人格化，噴泉的水從頭像嘴巴流出來，就像一張會說話的嘴：

帶來給你所有音符，從黝黑
蒼老下顎流下
直落躺在下面的承盤

滔滔不絕訴說流淌給自然大地的耳朵，但如有人拿水壺前來取水，「人」的行為便截斷了「自然」流淌，大地之耳便沒法聆聽，並會抱怨「覺得你打斷話題」。

第 *16* 首

總是被我們再三弄得一團糟
只有暗處的神具有治療功能
我們堅持求知，所以鋒利
祂安之若素，不為所動。

即使祂接受那些
純真聖潔獻禮
依然屹然不動
從不操縱事情結果。

我們只能聽到
死者飲那泉水時
神默然指示他們。

當聲音抵達我們
來自安寧直覺的領頭羊
要求牠的鈴鐺。

☆ 評析

這是十四行集一首難懂晦澀的詩，但在里爾克和莎樂美長期的通信，卻是在十一封信內附詩之一，也就是里爾克本人認為得意之作。英譯本眾意分岐，手忙腳亂，學者專家也不閒著，英國劍橋學者、德國文學及里爾克專家的芭特洛女士（E. M. Butler）毫不客氣指出最後六行是「純粹愚蠢的失誤」（a lapse into pure inanity）。李舒曼（J. B. Leishman）更是半譏諷說，極為費解的第二段，神祇冷靜接受信徒的奉獻，就像教堂彌撒執事人員拿著長桿袋子，一行一行去讓信眾自由放錢入桿末袋子捐獻，那就是我們最接近神的時候了。至於捐獻多少，神從不操縱事情結果（the free end）。

最後六行，無人能解。李舒曼坦承尚在一知半解（not yet fully understand），但有關羊與鈴鐺，卻提供了一段資料在黑森林碰到一個本地神父的說話：

……他告訴我無論大小牛羊，都有一個屬於自己特別佩戴的鈴鐺，如果沒有這鈴鐺，牠會經常拒絕出去放牧，除非這鈴鐺適當掛回它的頸上。

...and he told me that every sheep and lamb, cow and calf, had its own particular bell, and would often refuse to go out to pasture until this bell had been duly fastened to its neck.

有了上面李舒曼黑森林模糊線索，大概可以揣測「來自安

寧直覺的領頭羊／要求牠的鈴鐺」可以當作一個靈性隱喻。所謂羊鈴鐺（bellwether），是從古英文鈴鐺 bell 加羊 wether 而成，但不是像黑森林神父說的，每隻羊都要掛一個鈴鐺。古代牧羊人為了掌握羊群統一動向，就挑選一只領頭羊在牠脖子上掛上一個鈴鐺帶頭，其他羊群就會跟着鈴聲走，不會走失。

當我們聽到神的召喚，就像領頭羊聽到牧者聲音，必須憑本能要求賜福掛上領導鈴鐺，方肯安心帶著其他羊群上路。

第17首

究竟那裡是被灌溉被賜福的花園？
什麼樹？什麼溫和落瓣的花萼
讓慰藉的果實成熟？這些甜美
果實——也許會被踩躪後

在損失的田野找到一顆。
你不斷奇怪果實大小、堅實
柔軟的果皮，還有眼明
嘴快的飛鳥開恩放過，或是

蟲豸妒忌從下爬上，那麼樹木
皆為天使眷顧了？隱祕耐心園丁
慢慢培植，即使不屬我們擁有。

究竟我們是否只是魅影
從來未能以早熟及凋落
破壞安穩寧靜的夏天？

☆ 評析

　　里爾克雖是一個虔誠基督徒，但他並未在承受上帝眷顧之餘，全部感謝讚美。譬如他在上首第 16 首內，抱怨上帝慰藉的匱乏：

祂安之若素，不為所動。
即使祂接受那些
純真聖潔獻禮
依然屹然不動
從不操縱事情結果。

　　到了這第 17 首便好得多了，也是利用果樹隱喻，慰藉的果實成熟，是因為上帝這隱密耐心園丁，慢慢培植，即使不屬我們擁有。而我們應該訓練自己更大的辨識能力，去明白上帝賜福慰藉的恩寵：

究竟那裡是被灌溉被賜福的花園
什麼樹？什麼溫和落瓣的花萼
讓慰藉的果實成熟？

　　在 1915 年 9 月 6 日寫給瑪莉郡主的信函裡，里爾克強調必須的自我修養：「我們必須讓眼睛在陰影中多點感受，耳朵多點接受，一個水果的味道多點全面吸收，嗅覺多點敏銳持久。我們需要多些記憶及鎮定沉著放在觸及和被觸及，去接受直接

經驗裡的慰藉，那麼令人心誠悅服，沉重萬鈞，比所有能困擾我們的苦痛來得更真實。」

It is only necessary that our eye should become a shade more perceptive, our ear more receptive, the taste of a fruit be absorbed more completely, smell be more keenly endured, we need only be less forgetful and have greater presence of mind in touching and being touched, to receive from our most immediate experiences consolations that are more convincing, weightier, truer than all the suffering that can ever distress us.

第*18*首

舞蹈女孩：妳是怎樣
把所有瞬間變成舞步
最後舉臂迴旋，會動的樹
真能捕捉到最佳旋轉？

真的嗎？之前妳的迴旋可能
湧成漩渦，忽又靜止如花？頭頂
就是陽光，夏日，溫暖？
還是妳發出純淨無窮的熱情？

妳這幸福之樹，還真的結果
它們不就是寧靜果實：像壺
旋轉入成熟，成為更熟的瓶？

圖片裡牆上那素描
快速畫在自我旋轉
濃眉線條，仍在嗎？

☆ 評析

　　很明顯這是另一首描述少女維拉舞蹈的詩篇，用文字來描寫動作，一般均借助於明喻或隱喻。里爾克亦然，把轉動的維拉描述成樹成花，成豐滿水果，最後在轉盤上旋轉成壺的胚胎，在窯火裡燒成更成熟曲線身體的瓶。這裡里爾克用了兩個不同的字，壺（德文：Krug，英文：jug），瓶（德文：Vase，英文：vase），象徵不同的物體形態。據和他通訊的卡塔琳娜‧基彭貝格（Katharina Kippenberger, 1876-1947）回憶，里爾克在羅馬時常有機會欣賞古希臘古瓶，也許就是濟慈（John Keats）歌頌的古甕或雙耳壺（Amphora）。

第 *19* 首

某處，黃金優渥地活在銀行的寵幸
與千萬人有著密切關係。同時可憐
盲人在這裡哀求，即使是乞一毛錢
也是視而不見，或被視為床底塵垢。

鈔票瀟灑花在高雅商店，出來
穿著光鮮皮裘，康乃馨和絲綢
乞丐靜靜站著，喘息之間
醒著睡著全都是鈔票氣味。

經常伸出的手怎樣在夜晚縮回？
命運明天又把它召喚回來，重新每天
提供的鈔票：醒目、蒼白、無限摧殘。

假如終於有一個預言家如此堅持
讚美它長久存在，惟歌者可說出
惟神祇可聽到。

☆評析

里爾克在 1913 年 3 月 17 日的一封信函裡，提到在西班牙旅遊時見到一個獨手乞丐，伸出那隻被命運遮掩的手乞討。就像第 9 首內抨擊法制與社會公平：

法官們，不要誇口已無拷打
也再無鐵鐐箍頸
一切無補於事，誰也不會心動
於你們假心軟、偽慈悲的痙攣。

這首十四行借一個街頭乞丐來抨擊窮富不均，詩人委屈地歸諸於命運，其實一直不滿於上天的「慰藉欠缺」（inconsole-labilty），所以到了最後三句，歌者，指奧菲之歌，神祇，指希臘眾神，唱與聽在這個不公平的世界，無關緊要，無濟於事。

第 *20* 首

星辰之間，距離何其遙遠！
我們就近事物又知有多遠？
一些人，譬如一個小孩和身邊
另一個，都是無法想像遙遠。

可能命運用存在空間來測量
如此不可思議，試去想：
一個女人與男人有多少空間
當她若即若離

所有都是隔離。圓圈劃不成圓
那張放好刀叉愉快餐桌，盤子
上面：都是古怪魚臉。

大家以為魚不說話，誰知道？
即使它們不在，究竟那裡
可以讓我們說魚的語言？

☆ 評析

距離由近至遠，遠至天體星辰彼此相隔，近似小孩身邊另一個小孩，人際關係沒有溝通交流，也就是「無法想像遙遠」。情人怨遙夜，他們的隔離一般委諸空間及命運，而不訴諸背後努力的無奈？這種心情充滿於早年里爾克的作品，1901 年的一封信函他說，「兩人一起是不可能之事」（A togetherness of two people is an impossibility），跟著又說倆人相處：

然而看似存在，其實有其局限，那是彼此一種共同協定，剝奪其中一個或兩人所有的自由與發展，同時意識到即使親密無間，一起發展出另一種愉快關係，彼此之間仍可能存著無限距離，又同時能夠成為珍惜倆人這種距離下，提供彼此光天化日看到對方全面的可能性。

...and, where it nevertheless seems to be present, is a limitation, a mutual agreement which robs one or both of their fullest freedom and development. But, provided there is an awareness that there can be infinite distances between even those who are closest to one another, a wonderful side by side relationship can develop, if they are able to cherish the distance between them, which gives them the possibility of seeing one another in full form and against the background of a vast heaven.

魚不說話這段強調人際關係的語言，以及語言表達的局

限，經常扼殺它要表達的全部意義。在愉快的餐桌上，擺在盤子上都是目無表情的魚臉，魚不說話，但我們又怎知道沉默（silence）也是一種語言呢？像《道德經》不言之教的「大音希聲」、「大象無形」，里爾克強調語言的最小化（minimized language），像魚在水中呼出氣體聲音，甚至是無聲之聲，像劉勰《文心雕龍》所謂「課虛無以責有，叩寂寞以求音」。里爾克在 1913 年 1 月 14 日寫給瑪莉郡主的信裡說：

> 我沉下，被沉重的里程碑壓低，直落沉默之底，魚群之下，它們只不過有時堵著嘴呼出一下小心翼翼的「噢」吧了，無聲無息。
>
> I sank, weighted down with a millstone's torpor, to the bottom of silence, below the fish, who only at times pucker their mouths into a discreet Oh, which is inaudible.

第 *21* 首

從心底歌頌出從未見過的花園
玻璃穹頂覆蓋，清澈，無法觸及；
伊斯法罕或設拉子的泉水和玫瑰——
歌頌吧，讚美它們與眾不同吧！

讓它們知道你常感在心
成熟無花果永遠為你而熟
你是風之友吹過繁花錦簇
強化成一張臉。

避免去犯逝水不回錯誤
一旦決定，就存在！
你是紡織穿針引線的縲絲。

無論內心如何連綴圖案
（即使經年歲月悲哀曇花一現）
也會完整呈現在那輝煌的地毯。

☆評析

　　伊斯法罕（Isfahan）為波斯古城，出產地毯和葡萄酒。設拉子（Shiraz）也是在古波斯被稱為詩人、文學、美酒和花卉之城（如今已成為現代紅酒的名產），由於城市中有許多花園和果樹，許多伊朗人也把它稱為「花園之城」。里爾克沒有過訪這兩座現今伊朗的古城，想是在書本及圖片得窺古城歷代相傳的風光，詩中最後兩段藉取紡織地毯的隱喻，歌頌人類自遠古篳路藍縷走來的人文藝術痕跡，無論歡樂與悲傷，有如穿針引線，均會完整呈現在那輝煌的地毯。

第 *22* 首

縱使是命運！雄渾滿溢的存在
在公園向上噴濺，像石像肩膊
背負起頭上高架重量，支撐起
高樓大廈陡峭的邊緣。

青銅大鐘啊！每天舉起
棍棒敲破長日的無聊
或是在卡納克圓柱，圓柱啊
活得比不朽寺廟還久。

今日富足跌入過去，競爭如昔
僅是競快，從水平線升起黃日
轉入光亮眩目的夜晚。

絢爛毫無聲息歸於平淡
天穹弧形飛翔，那些飛行人員
從未感到徒勞，僅是猜想。

☆ 評析

　　座落於埃及尼羅河東岸的卡納克（Karnak）神廟興建於公元前 18-16 世紀，是由許多神廟所組成的建築群，為目前埃及最古老、最壯觀的神廟。里爾克於 1911 年居住埃及兩個月，曾訪卡納克參觀這群巨大無比的圓柱及柱上象形雕刻遺跡，震驚於埃及遠古神祇在美索不達米亞的文化魔力，有如奧林匹克山希臘諸神在西方文明。他寫給妻子卡拉娜（Clara）的信函內稱：

　　「……這個無法想像的卡納克寺廟世界，從第一個黃昏再直落昨天月亮正開始由盈轉虧，我看見，看見，看見，噢，天哪，我聚精會神，專注於眼見為信，但到處都不止於眼前所見（只有神才能耕耘出如此視野），那裡站著一尊瓶狀圓柱，惟一倖存者，無人能了解，除非能把夜晚與它連接起來，才能稍可掌握……」

...this incomprehensible temple-world of Karnak, which, straightaway on the first evening and again yesterday in the light of a moon just beginning to wane, I saw, saw, saw-my God, one gathers one's senses, focuses one's eyes and looks with all one's will to believe, and yet it everywhere reaches way beyond them （only a god could till such a field of vision）, there stands a vase column, a single survivor, and one cannot comprehend it, only in combination with the night can one grasp it somehow ……

從下卷的十四行開始，我們看到奧菲厄斯主旋律的一些變調，除了古今、生死一些主題，里爾克還關心到工業社會與藝術生活共存困擾與不安。無疑，工業不斷進步帶來人類巨大富足，雄渾滿溢存在四濺，就像公園噴泉噴射向天空，惟有教堂每天鐘響，敲破一些長日無聊，讓詩人想起他在卡納克看到的遠古圓柱，神話與神祇長存，遠比人類不同世代前來參拜的寺廟還長久。

　　先進科技的現實，取代遠古神話幻想故事，飛機劃破長空，在天穹弧形飛翔，那些飛行員及他們的航行，好像永不疲累。最後一句「僅是猜想」，想破了許多學者詮釋的白頭，應該只是里爾克或全知者的自說自話。

第 *23* 首

每當無可避免的困慼時刻
妳就找我：親切像乞憐狗臉
永遠都這樣
事後轉身離去

當你以為終於得到了。
其實抽離亦出諸於妳
我們自由了，當初以為
共聚，其實是彼此分散。

惶恐中我們尋求倚靠，有時
在已成過往裡顯得太幼稚
從未發生的卻又追悔莫及。

只在讚美保持公正
我們在枝條上，利刃霍霍：
那是內在成熟的危險甜蜜。

☆ 評析

　　壞就壞在里爾克在筆記內宣稱這首詩是寫給「大眾讀者」（To the Reader），學者專家便正經八百的嚴肅對待「廣泛大眾主題」（common human themes），討論人類如何對抗疏離世界的無情歲月，日子的流逝，有如前來找主人依偎的乞憐狗臉，過了一陣就轉身離開，毫不留情。

　　本詩譯者卻不作此想，這是一首哀怨憤懣的情詩，充滿被棄的怨恨。情人在困蹇時刻來找，尋找慰藉像一張乞憐依偎的狗臉，事後卻轉身離去不顧。詩人利用代名詞第二人稱的「你」，德語的 du 無分你妳，混淆著男、女彼此的互動，可以說是寫社會大眾，也可以是寫私情男女。英語的 you「你」也不分陰陽，首句在困擾時刻來找的「妳」或「你」，無從知悉，英譯者一概稱之為 you，目前出版的中譯本大都也只好稱為「你」了。本詩譯者把首句的「你」改稱為「妳」，一切豁然開朗。

　　但是上段最後一句跨行（run on line）進入第二段第一句的你，就不是情人來找的妳，應該是詩人自己的你，獲得情人前來倚靠，當初以為是共聚，其實是分散的前題。

　　第三段用第三人稱的我們，可能就真的是「大眾讀者」了。在追求生命成熟的過程裡，我們不斷掉入過去，回憶這些過往經驗，顯得當時特別生嫩幼稚，但對著那些從未發生的事物，卻又追悔莫及。

We, too young often for what is old

and too old for what never happened.

　　像愛默生（Ralph Emerson）在〈梵天〉（Brahma）一詩內曾經說過的，「我是疑者，也是疑團。」（I am the doubter and the doubt.）生命的奧祕，去疑與被疑，皆是一體兩面。

　　最後一段，人與時間對抗的生涯裡，互相尊重，互相讚美，就像一邊處身於一棵成熟中的樹，擁有果子成長「內在成熟的危險甜蜜」，另一邊卻磨礪著一張鋒利刀子去切開那些甜美果實，矛盾享受存在的日子。

第 *24* 首

泥土鬆動之處，喜悅永遠新鮮
這群冒險者，幾乎無人協助
同樣城市在幸福海灣旁崛起
大水罐注滿水和油。

關於神祇，當初我們描以大膽圖形
後來被乖戾命運破壞移入過往
但祂們仍是不朽的神呀，看吧！
我們在最後關頭仍需找祂傾聽。

我們世代千年成長，父父母母
延續更多更多未來孩子
有天將越過、撼動我們。

我們永遠冒險，千秋萬代！
只有沉默死神知道我們是誰
及借貸我們出去後穩賺所得。

☆評析

　　這群冒險者是指開拓人類生活、延續（perpetuate）人類文明的領導人，他們不斷茁壯，像泥土鬆動處所冒出的幼苗，一代接一代，幾乎無人協助下，孤軍奮鬥，世世代代：

　　我們世代千年成長，父父母母
　　延續更多更多未來孩子
　　有天將越過、撼動我們。

　　我們知道自己是必死凡人（mortals），所以我們沒有忘記崇拜，包括當初大膽描繪的神祇，「我們在最後關頭仍需找祂傾聽。」

　　學者專家仍斤斤計較於里爾克是否無神論者（atheist），當然不是。

第 *25* 首

聽啊！犁耙已開動
再次響起人類工作節奏
繁茂早春大地被抑制在
靜寂裡。將要來臨的事物

新鮮嶄新。從前經常來到
如今卻像初次抵達
經常期望，從未拿走
如今卻是它拿走了你。

就連冬天迎風橡葉
夕陽預借褐黃光彩
風聲也會傳遞一些訊息。

黑灌木叢，但田野堆積牛糞
來得更黑色，每個流逝時辰
都變得更年輕。

☆ 評析

里爾克在穆佐（Muzot）1922 年 2 月 19-23 所寫的筆記內說，「這是和十四行詩上卷孩童春天之歌的姊妹篇（companion piece）」，即是指上卷 21 首：

大地春回，土地已像
一個記誦無數詩歌
小女孩……經過艱辛
漫長學習，現在贏取她的獎金。

其中，當然也蘊含冬盡春來奧菲生命循環（Orphic cycle）的意義。

第 *26* 首

鳥鳴有多深才能打動我們
任何叫聲只要盡情叫出來
外面玩耍的孩童
已叫出匪夷所思的叫聲。

他們隨意的叫，擠進靜寂
密封的世界，看來就像
鳥鳴連續穿過，（像我們在夢裡）
把尖叫像楔子敲入中間。

天啊！我們究竟在哪？逍遙又逍遙
像斷線七彩紙鳶到處分散
在半空追逐，升高，笑聲四散

被風吹散。把呼喊者譜成歌曲吧
歌神啊！讓他們徹底甦醒過來
像河流帶著你的頭顱和七弦琴。

☆ 評析

　　不同於上卷 21 首孩童歡樂叫聲，這首十四行兒童喊叫的玩耍聲音，響亮而又刺耳，也不像連續鳴唱的鳥鳴。但原始大自然如鳥叫呼喊，要有多深才能打動俗世的耳朵呢？我們也會叫喊，但多是在噩夢裡，隨風飄搖，沒有方向，像斷線風箏。

　　惟一救贖就是把歌神奧菲厄斯找來，讓這些呼喊者全部醒轉，組織和諧的歌唱，跟隨在河流飄盪歌神的頭顱和七弦琴隨波逐流。

第 27 首

時間這破壞者真的存在嗎
何時把平靜山頂城堡摧毀？
這顆永遠屬於諸神的心
何時才會被造物主踐躪？

我們真的那麼懦怯易碎嗎
像命運神硬要我們去相信？
童年根深柢固的信念
日後卻默默靜止？

鬼魅般短暫無常啊！
我們胸無城府接受
轉眼往事如煙。

我們不顧一切去催動
仍在眾神持久力量下
為其所用。

☆ 評析

　　學者們非常看重這首以人生短暫無常主題的十四行，甚至牽涉入里爾克對生死，尤其是「永世不滅」（immortality）的看法觀念。第一段以「時間」開題，它是一切的破壞者（destroyer），人與物，遲早皆被其破壞，包括里爾克住在平靜山頂的穆佐城堡。跟著以希臘諾斯底學派（gnostic）善惡二元的「造物神」（demiurges）為題，指出造物惡神蹂躪毀滅眾生。

　　但在第二、三段提到童年和世間的短暫無常，學者們便分成樂觀與悲觀兩派。樂觀派認為里爾克詩歌中一直歌頌童年天真坦率的接受力（guileless receptivity），終生永恆跟隨心靈不變，永久無限（timelessly）。但大部分學者卻悲觀強調里爾克認為我們的成長全受命運指使，懦怯易碎，即使天真坦率，日後成長卻麻木不仁。至於生命短暫無常更是無法抵擋，即使詩中最後一段不顧一切催動時光，也不過是過眼雲煙，一切歸於眾神的擺布吧了。

第 *28* 首

此來彼去，妳仍像小女孩
瞬間把曼妙舞姿放入舞蹈
完成一系列純粹星座舞曲
超越大自然枯燥秩序

當聽到奧菲厄斯首次歌唱
她是惟一真正激動、傾注、聆聽
自後也被感動良久
有點迷惘樹木需要時間

考慮前來和妳一起聆聽。
妳仍熟知七弦琴聲響處——
有聲中的無聲。

因為歌，妳翩然起舞，期待有天
把友人的臉與身
旋成完美的慶典。

☆評析

　　這是里爾克第三次寫給維拉的詩，舞姿曼妙，此來彼去（也像奧菲厄斯來往於陰陽二界），靈活輕巧像小女孩，舞出一系列光芒星輝，如天空永恆星座。　大自然林木對聲音反應遲鈍，維拉為奧菲之歌激動、感動，更從有聲中得知無聲，因此迷惘於林木的猶豫前來。她聞歌，即起舞，像奧菲之歌的女祭司，期待有天（其實是里爾克的期待）把友人（里爾克）的表情與身體，旋成一道完美的慶典，就像瞻禮日（Holy Fete）的節慶日，聖人賜予降福療愈人與動物。

　　據說這首十四行是受了摯友法國名詩人梵樂希（Paul Valery）短詩劇〈靈與舞〉（l'Ame et la Danse）影響，不得而知，但里爾克於 1921 年開始閱讀梵樂希，藉紀德介紹，通訊認識。梵樂希不懂德文，里爾克卻翻譯梵樂希的〈海濱墓園〉和〈水仙辭〉，同時也把自己寫的法文詩寄給他看。至於《給奧菲厄斯十四行》與《杜英諾哀歌》創作，也與接受閱讀梵樂希詩作大有關係，對里爾克影響鉅大，間接催生了 1922 年上面這兩部詩集的完成。他曾在一封信函（to Monique Saint-Helier）這麼表示，「我是孤獨的，我期待著，我的一些作品期待著，有一天我讀了梵樂希，我以為我的期待到此已經終止了。」意思就是孤傲的他，世人不識他的作品，也無所謂，他一直期待著真正的知音，有一天讀到梵樂希，就知道不用再等待了，梵就是這知音者。此信函資料取自葉泥《里爾克及其作品》（高雄：大業書店，1969，絕版）內〈里爾克與梵樂希〉一章（沒有英譯附文，頁 83）。

第 *29* 首

遠處沉靜友人，感受
氣息如何擴大空間吧
讓暗影鐘樓的木架
把你敲響，任何被掠奪

都將讓你茁長強壯。
縱浪在大化
最大折磨是什麼？
如苦酒難嚥，改飲甜酒吧。

讓這無涯黑夜，成為
你感官岔路的魔幻吧
讓陌生相逢自我詮釋。

假若世間已不識你
就給沉默大地說：我流動
給流水說：我在。

☆ 評析

　　第一句「遠處沉靜友人」，根據里爾克筆記（穆佐書簡）內指出，此詩是寫給維拉一個男性友人，不作他想。其實存疑，可能此人就是里爾克他自己。學者們有認為寫給奧菲厄斯，有堅持為寫給友人，本書譯者則認為沉靜友人只是一個綜合術語（general term），因主題牽涉過廣，並不可能單指一人。沉靜，更是被動的沉默，是聆聽者，接受者，可圈可點。

　　此詩有四大主題，氣息、鐘鳴、縱浪大化、痛苦。氣息在十四行的上、下卷內已有提及，它不僅是個人身體呼吸，一呼一吸，是與宇宙共有互動的氣息運動，擴大空間，天人合一。大鐘的鳴響，餘音嫋嫋，言有盡而意無窮，人亦如鐘，敲響、餘音、沉默。在 1917 年 6 月 26 寫給 Countess Dietrichstein 女伯爵的一封信裡，里爾克說，這鐘聲「自湖面敲響時間與命運，好像它包括在自己視野下所有天下芸芸棄世的眾生，也像一次又一次把他們的無常短暫送往空間，虛無飄渺在變形響亮的音符」。

　　（rings out time and destiny over the lake, as though it included in itself the visibility of all the lives that have been surrendered here, as though again and again it were sending their transitoriness into space, invisibly, in the sonorous transformation of its notes.）

　　人生縱浪大化，苦多於樂，但經常因痛苦產生智慧，茁長強壯，更在人生幾何的變化裡，對酒當歌，把苦酒換成甜釀。

詩中最後兩段指死亡，在生命向晚的黑夜裡，死亡來臨就像凡人感官面臨岔路，不知何去何從，那就讓這陌生相逢在黑夜的魔幻裡，各自詮釋吧。

那時流動的自性仍在，世間識不識已無關係，你仍存在，在大地，流水。

里爾克－給奧菲厄斯十四行（上、下卷全譯本及評析）
Sonnets to Orpheus

線上版讀者回卡

作　　　　者　萊納·瑪利亞·里爾克（Rainer Maria Rilke）
翻 譯、評 析　張錯（Dominic Cheung）
責 任 編 輯　徐藍萍、張沛然

版　　　　權　吳亭儀、江欣瑜
行 銷 業 務　黃崇華、賴正祐、郭盈均、華華
總 　編 　輯　徐藍萍
總 　經 　理　彭之琬
事業群總經理　黃淑貞
發 　行 　人　何飛鵬
法 律 顧 問　元禾法律事務所王子文律師
出　　　　版　商周出版　台北市 104 民生東路二段 141 號 9 樓
　　　　　　　電話：(02) 25007008　傳真：(02)25007759
　　　　　　　E-mail：ct-bwp@cite.com.tw　Blog：http://bwp25007008.pixnet.net/blog
發　　　　行　英屬蓋曼群島商家庭傳媒股份有限公司城邦分公司
　　　　　　　台北市中山區民生東路二段 141 號 2 樓
　　　　　　　書虫客服服務專線：02-25007718　02-25007719
　　　　　　　24 小時傳真服務：02-25001990　02-25001991
　　　　　　　服務時間：週一至週五 9:30-12:00　13:30-17:00
　　　　　　　劃撥帳號：19863813　戶名：書虫股份有限公司
　　　　　　　讀者服務信箱 E-mail：service@readingclub.com.tw
香 港 發 行 所　城邦（香港）出版集團有限公司　香港灣仔駱克道 193 號東超商業中心 1 樓
　　　　　　　E-mail: hkcite@biznetvigator.com　電話：(852)25086231　傳真：(852)25789337
馬 新 發 行 所　城邦（馬新）出版集團 Cite (M) Sdn Bhd
　　　　　　　41, Jalan Radin Anum, Bandar Baru Sri Petaling, 57000 Kuala Lumpur, Malaysia.
　　　　　　　Tel: (603) 90578822　Fax: (603) 90576622　Email: cite@cite.com.my

設　　　　計　李東記
印　　　　刷　卡樂製版印刷事業有限公司
總 　經 　銷　聯合發行股份有限公司　新北市 231 新店區寶橋路 235 巷 6 弄 6 號 2 樓
　　　　　　　電話：(02) 2917-8022　傳真：(02) 2911-0053

2022 年 8 月 2 日初版

Printed in Taiwan

定價 350 元

城邦讀書花園
www.cite.com.tw

ISBN 978-626-318-347-6

國家圖書館出版品預行編目 (CIP) 資料

里爾克：給奧菲厄斯十四行（上、下卷全譯本及評析）/ 萊納 . 瑪
利亞 . 里爾克（Rainer Maria Rilke）著；張錯（Dominic
Cheung）翻譯 . 評析 . -- 初版 . -- 臺北市：商周出版：英屬蓋
曼群島商家庭傳媒股份有限公司城邦分公司發行, 2022.07
　面；　公分
譯自：Sonnets to Orpheus
ISBN 978-626-318-347-6(平裝)

1.CST: 里爾克 (Rilke, Rainer Maria, 1875-1926)
2.CST: 詩歌 3.CST: 詩評

875.51　　　　　　　　　　　　　111009503